Robert

MAXIMILIAM

2020

POEMARIOS 2020

EN TIEMPOS DE PANDEMIA

(COVID 19)

Edición 2020

papel

«POEMARIOS 2020»

EN TIEMPOS DE PANDEMIA (COVID-19

ISBN 978-1-989983-08-9

Editada bajo el sello de EDITIONS ROMAX

En tiempos de pandemia
(Covid-19)

«El 2020 ha sido un año marcado por una pandemia mundial que puso patas arriba a la humanidad. Los contagiados se han contado por millones y los muertos han sobrepasado el millón. Las familias se han visto mermadas y cada individuo ha visto su diario vivir completamente cambiado.

Las personas, al no estar acostumbradas al aislamiento, han sufrido innumerables enfermedades sin distinción de edad, sexo ni color. El cambio ha sido radical y se ha tenido que adaptar a la fuerza para poder sobrevivir. La muerte sigue caminando en las calles y la esperanza de vida, cada vez es mayor mientras no se logre una vacuna para contrarrestar el covid-19.

En esta época, los altos y bajos espirituales han hecho surgir expresiones diferentes y las letras, especialmente los poemas, ha sido bendecidos por este fenómeno porque las personas han tenido que encontrarse a sí mismas y valor aquellos que han hecho hasta este momento.

En mi caso, aquí expongo mi granito de arena en las letras para que el mundo aprecie mi pensar, sentir y desear».

Robert Maximiliam

INDICE

POEMARIOS 2020

EN TIEMPOS DE PANDEMIA

(COVID 19)

POEMARIOS

POEMARIO

1

AYER Y HOY

2020

AYER Y HOY

«El ayer, ya no existe; pero ha dejado, marcas imborrables en mi cuerpo, mi alma y mi corazón. El hoy es el presente que se desmorona con el tiempo, es la maravilla que se viste con el inicio del día, es la fortaleza que hace levantar la cabeza; es abrir los ojos y mirar que lo que he sido y a donde estoy. Es la oportunidad de dar un paso hacia dónde quiero llegar, es la esperanza para dejar una mejor añoranza, es la certeza que el amor cumple todas las promesas. Ayer, ya pasó; pero me permitió mejorar cada día, aprender con los golpes de la vida, buscar la filosofía de un buen vivir y no renunciar a la magia de la alegría. Hoy, me sigue gustando porque me permite mejorar el ayer»

Robert Maximiliam

INDICE

1- AYER Y HOY

Porque te tuve y te dejé partir;
Porque estuve y ya no estoy.
Porque fui y hoy no soy.
Ayer se fue sin avisar,
Sin decir adiós,
Sin preguntar
Ni esperar.
Hoy llegó precipitadamente,
Con mucha algarabía,
Bruscamente,
Alegrándome la vida.
Caí en sus brazos de rodilla,
Sin malicia ni pesadillas;
Me sedujo su embrujo
Y en el dibujo de su amor, me condujo.
Me dejo llevar,
Me dejo enamorar,
Y cuando más me enamoro,
Más le imploro.
Y de nuevo, llegó el final;
El momento de decir adiós;
Sin más perdón que su amor,
Me deja en la nube de un desamor.
Y vuelvo a repetir:
Ayer te tuve y hoy ya no estás.

2- TU

Sigues siendo tú,
La dueña de mi corazón.
La que me seduce el alma
Cada amanecer,
La que me hipnotiza la razón
Con una sonrisa.

Sigues siendo tú,
La dueña de mi corazón.
La que con ternura me domina
Y hace que camine sin maldad.
La que vive a cielo abierto
En mi locura,
La que en su cintura
Centraliza mi pasión.

Sigues siendo tú,
La dueña de mi corazón.
La que cada noche me susurra
El deseo de seguir siendo ilusión.
La que pinta de maravilla
La locura de mi devoción;
La que baila, siempre, alegre
En mis pecados,
La que con agrado
Enorgullece mi amor.

3- SI TE HUBIERA DETENIDO

Si yo te hubiera dicho:
¡No te vayas!
Si yo te hubiera dado
El corazón.
Estoy seguro de que mi mundo
Sería totalmente tu devoción.
Que cada noche con sus estrellas
Estuvieran adornando nuestra habitación.

Si yo te hubiera dicho:
¡No me dejes!
Si yo te hubiera dado
La razón.
Mi vida hoy sería una guitarra
Tocando alegremente su ilusión;
Sería cada beso un poema
Rimando los acordes del corazón.

Si yo te hubiera dicho:
¡Hay que intentarlo!
Si yo te hubiera ofrecido
Mi caminar.
Las cuentas de la historia
Sonarían diferentes,
Hablarían del presente
Y no de lo que fue nuestro ayer.

4- SIEMPRE

Yo, siempre he estado ahí
En el silencio...
Susurrando palabras al oído
Para reconfortarte,
Para animarte,
Para recordarte que soy parte de lo querido.

Yo, siempre he estado ahí
En la tormenta...
Esperando que me sientas
Para apaciguar las aguas,
Para apagar las ansias,
Para acompañarte mientras callas.

Yo, siempre he estado ahí
En la palabra...
Como verbo solitario mientras hablas
Para escucharte,
Para aconsejarte,
Para ofrecerte una luz de esperanza.

Yo, siempre he estado ahí
En tu mundo...
En el segundo de tu necesidad,
En el grito de tu esclavitud,
En la espera de tu conversión.

5- COMO FUI

¿Cómo olvidar quién fui?
Si el presente me lo recuerda diariamente,
Si el espejo me lo refleja con realeza,
Si mi nobleza se funda en mi torpeza.

¿Cómo olvidar quién fui?
Si soy lo que nunca quise ser,
Si fui lo que juré no ser,
Si por querer pretendí ser.

¿Cómo olvidar quién fui?
Si al ver hacia atrás no reconozco quién soy,
No acepto haber sido así;
No me gusta ser lo que fui.

¿Cómo olvidar quién fui?
Si negué todo lo que aprendí,
Si derroché todo lo que heredé,
Si confundí el querer con el tener.

¿Cómo olvidar quién fui?
Si siendo así, logré cambiar;
Tanto perdón por tan poco amor;
Tanta misericordia por un ser como yo.

6- QUISIERA SER

¡Hay veces que quisiera ser!
Otra persona porque no me gusto,
Porque no me soporto,
Porque me doy vergüenza.

¡Hay veces que quisiera ser!
Como el viento y volar lejos;
Olvidar los trapos viejos,
Renacer y dejar de pensar.

¡Hay veces que quisiera ser!
Como la cigarra que canta alegre,
Sin preocupaciones ni ambiciones,
Sin penas ni glorias.

¡Hay veces que quisiera ser!
Como el horizonte en el mar,
Inalcanzable y mágico;
Verdadero y lógico.

¡Hay veces que quisiera ser!
Como un verbo sin conjugar,
Una palabra en libertad,
Un poema sin recitar.

7- COMO SIEMPRE

¡Cómo siempre!
He tenido que recoger
Los pedazos de mi corazón para poder volver.
¡Cómo siempre!
He querido ser
Lo que por naturaleza no puede ser.
¡Cómo siempre!
He tirado a la basura
Lo que en la locura he creído mi verdad.
¡Cómo siempre!
He vuelto a ser
Lo que no debo ser por afán a la vanidad.
¡Cómo siempre!
He tenido que comenzar
De cero para aprender lo que no he podido hacer.
¡Cómo siempre!
Tengo que luchar contra corriente
Para ir de frente para pretender ser más inteligente.

8- ESTA MAÑANA

Hoy me desperté respirando libertad,
Abrí mis ojos y sonreí porque es lindo vivir.
Sentí ganas de agradecer por respirar,
Por observar, por palpar mi realidad.
Sentí deseos de gritar:
¡Estoy vivo! ¡Respiro! Puedo continuar.
El tiempo se hizo eterno, la vida más hermosa,
La gente una rosa y yo, me volví un verbo.

Hoy me desperté
Y esta mañana, me ofreció un verso.
El sol se hizo beso, las nubes un cerezo,
Mi amor una primavera y yo, una promesa sincera.

¡Esta mañana me desperté agitado!
Había en mi alma un recado:
Tienes otro día más para ser mejor.
Sonreí y me puse de pie,
Abrí las persianas y me persigné
Estaba vivo y ese hecho me hizo feliz.

9- ¿A QUIÉN?

¿A quién creer cuándo todos te mienten?
¿A quién amar cuándo no tienes amor?
¿A quién servir cuándo todos se aprovechan?
¿A quién oír cuándo todos hablan?
Me he pasado la vida escuchando mentiras,
Me he pasado el tiempo fingiendo amar,
Me he pasado la vida queriendo servir,
Me han hablado tanto y sigo sin entender.

¿A quién preguntar si todos creen tener la verdad?
¿A quién llegar si me ponen barreras al mirar?
¿A quién elegir si de todos no hago uno?
¿A quién juzgar si todos son culpables?
La verdad tiene dos caras: la tuya y la mía.
Las fronteras las han creado los hombres por egoísmo.
La política siempre se viste de mezquina y fría.
¡Qué valor tiene la sentencia de un corrupto!

¿A quién ordenar si todos quieren dirigir?
¿A quién ayudar si todos se quieren aprovechar?
¿A quién rezar habiendo tantos dioses a adorar?
¿A quién perdonar si ni yo mismo me puedo amar?
El más fuerte que se haga el más pequeño.
Es importante dar cuando el corazón no lo puede callar.
Hay que adorar solo aquel que no puede fallar.
Hay que comenzar perdonándose a sí mismo.

10- SIMPLICIDAD

Tan simple como el beso,
Tan fácil como el rezo,
Tan grande, como recibir perdón.
Tan simple como el aire,
Tan frágil como el desaire,
Tan grande que no cabe en tu interior.

El amor es el primero,
Es pasado, es presente... es eterno.
El amor aguanta todo,
Te perdona, te espera... te abraza.

Tan simple como un guiño,
Tan tierno como un niño,
Tan grande como un canción de cuna.
Tan simple como una rosa,
Tan bella como una estrofa,
Tan humilde como el verso de mamá.

El amor siempre se ofrece,
Se agradece, se fortalece... en la distancia.
El amor arriesga todo,
No se guarda, no suplica... se multiplica.
En la simplicidad.

11- ORACION

¿Qué pedir?
Saber lo que no tengo que saber,
Pensar lo que no debo pensar,
Hacer lo que no debo hacer;
Callar lo que no debo callar.
¿Qué hacer?
Pintar la vida de negro y blanco;
Voltear el rostro hacia lo bonito,
Cruzar los dedos en la espalda,
Sonreír y esconderme bajo la falda.
¿Qué ofrecer?
Mis mentiras vestidas de domingo,
Mis flamencos en un solo pie,
Mis traspiés bajo una carpa de circo,
Mi cinco centavos en billetes de diez.
¿Qué callar?
Un pecado convertido en pecadillo,
Un maldito escondido en el traje de caudillo,
Una espina ofreciendo una rosa,
Una hermosa ofrecida como diosa.
¿Qué omitir?
Un deseo que ha salido de paseo,
Una cadena con vitrina de condena,
Una maña que ha dejado de ser cizaña,
Una hazaña con cartel de señalado.

12- ¡TE TUVE, TE QUISE Y TE PERDI!

¡Te tuve, te quise y te perdí!
Por la culpa del destino y de mi vida;
Por la farsa de un poema al revés,
Por el velo que cegó mi corazón.

¡Te tuve, te quise y te perdí!
Por querer ser alguien más en mí camino,
Recoger los frutos sin esfuerzo,
Decidir lo fácil y no luchar.

¡Te tuve, te quise y te perdí!
Queriendo cómo siento que te quiero,
Amando hasta sentirme infeliz,
Llorando, quebrándome de miedo.

¡Te tuve, te quise y te perdí!
De una forma infantil y vanidosa,
Siendo rosa te traté como clavel,
Y en un dintel quedé mirando el cielo.

¡Te tuve, te quise y te perdí!
Y hoy me muerdo la lengua por amarte,
Mi alama me reclame tu perdón,
El amor me obliga a callarte.

13- EL TIEMPO QUE ME QUEDA POR VIVIR

¡Si yo fuera tú!
Aprovecharía el tiempo que me queda por vivir...
Para disfrutar la compañía de los seres queridos,
De los amigos y hasta de los enemigos.
Para aclarar confusiones, discusiones
Y pensamientos fallidos en aras de un estallido.
Para pacificar antiguas batallas, ganar algunas
Medallas y para olvidar algunas rencillas.
¡Si yo fuera tú!
Aprovecharía el tiempo que me queda por vivir...
Para valorar el regalo de la vida:
La oportunidad para dar un paso más hacia Dios,
la nobleza de aceptar poder ser querido y amado,
la franqueza de decir la verdad para obtener la paz
y la dignidad de poder aceptar el llamado.
¡Si yo fuera tú!
Aprovecharía el tiempo que me queda por vivir...
Para dejar de hacer cosas estúpidas,
De creerme un ser superior,
De criticar en vez de crear,
De aceptar en vez de negar.
¡Si yo fuera tú!
Aprovecharía el tiempo que me queda por vivir...
Me arrodillaría y pediría perdón
Antes de estar al frente al pelotón.
Y sin más, me callaría para aprender a escuchar.

14- EL PULGARCITO

Recuerdo un Pulgarcito
Que tenía un faro en forma de volcán,
Una capital de hamaca,
Un pueblo con Cara Sucia,
Y un pájaro picón.

Recuerdo un Pulgarcito
Con un lago que sirve de frontera,
Un río lleno de estrellas,
una ciudad morena
y una virgen del agua llamada Chasca,

Recuerdo un Pulgarcito
con una libertad en el Litoral,
con la Paz en la costa del Sol,
Una santa que se llama Tecla,
y un Espino que se volvió poeta.

Recuerdo un Pulgarcito
Con un patrono que es Salvador del Mundo,
una joya que es de Cerén,
Una cordillera de puro Bálsamo,
Y un aguacatero en el andén.

Recuerdo un Pulgarcito
Con un bosque que es Imposible,
Con un Cerro Verde,
Con una moneda que es pisto
Y un monte Cristo clavado en un triángulo.

Recuerdo un Pulgarcito

Con una bandera azul y blanco
Anunciando que primero es Dios,
Un escudo con cinco volcanes,
Y un gorro encendido que parece corazón.

Recuerdo un Pulgarcito
Con un torogoz de múltiples colores
un maquilishuat de adorables flores
una flor nacional buena en arroz
y una oración que habla amor.

Recuerdo un Pulgarcito
Con unos cipotes llamados guanacos,
Jugando con chibolas y trapos;
Con pelotas cuadradas
Y bichas enamoradas.

Recuerdo un Pulgarcito
Con una pizcucha en forma de cometa,
Un capirucho que parece campana,
Un mago con una culebra macheteada
Y una malteada que gusta a cebada.

Recuerdo un Pulgarcito
Con un bicho panzón llamado Cipitío
Y la Ciguanaba buscando a mi tío.
Una refrescante horchata
Y una corcholata sirviendo de plata.

Recuerdo un Pulgarcito
Con una ciudad y su carnavalito alegre,
Un banco con la cara de un tigre.
Con un océano que no es pacífico,
Y unos ausoles cocinando frijoles.

Recuerdo un Pulgarcito
Con un Delirio cerca del Progreso,
Con una playa dedicada al Cuco,
Una puerta que pertenece al Diablo
Y con el Paraíso cerca del Escondido.

Recuerdo un Pulgarcito
Con una alegría en la cima de una montaña,
Con un Magaña que quiso ser araña,
Un pueblo con agua Escondida,
Y otro de agua fría.

Recuerdo un Pulgarcito
Con una calle con Próceres
Y un mercado que parece Cuartel.
Unos hermanos lejanos
Y un ciudadano queriendo volver.

Recuerdo un Pulgarcito
Con una cascada en forma de tercios,
Y unas ruinas de un Tazumal;
Las piscinas de unos chorros
Y unos sapos cuidando su Atecosol.

Recuerdo un Pulgarcito
Con unos cheros que se volvieron maras
Y unas loras en forma de Guaras.
Una meta que no tiene pan
Y el Guajoyo cerca de Belén.

Recuerdo un Pulgarcito
Con un cantón con laguna seca,
Una unión que no une nada,

Un lago que se viste de turquesa,
Y una suprema que es una cerveza

Recuerdo un Pulgarcito
Y un cañaveral en flor,
Un Roque que era Dalton,
Unos planes que están en lo alto
Y un carbonero que viene del volcán.

Recuerdo un Pulgarcito
Con un Divisadero en el oriente,
Una Buena Vista en el occidente,
Un Pital en el Norte
Y en el sur, un Cenzontle cantar en los montes.

Recuerdo un Pulgarcito
Con el aeropuerto de un santo.
Una autopista de oro,
Una calle del progreso
Y un volcán que es bien Chingo,

Recuerdo un Pulgarcito
Con una ciudad de los cocos,
Una costa Azul y unas playas Negras.
Con ricos mangos locos,
Unas carambolas y negras aceitunas.

Recuerdo un Pulgarcito
Con una Isla y su playa Brava.
La lotería de Atiquizaya,
la yuca frita de Chalchuapa
y las piscinas de Amapulapa.

Recuerdo un Pulgarcito

con un puerto ubicado en el Triunfo,
un coche que parece un tunco.
Un Mozote que se pegó en la historia
Y una guerra no declarada en la memoria.

Recuerdo un Pulgarcito
Con una ciudad de nombre Ahuachapán,
Una calle que me lleva a la Libertad,
Un camino de las flores
Y una bahía con un corral de mulas.

Recuerdo un Pulgarcito
Con sus cangrejitos guerreros,
Una selecta mundialista,
Un surfista en la playa del tunco
Y un famoso pugilista.

Recuerdo un Pulgarcito
Con un tigrillo vestido de rojo;
Un águila en la ciudad del garrobo;
Un jabalí viendo correr carros de antojo
Y en la capital, un gran elefante blanco.

Recuerdo un Pulgarcito
Metido como ninguno,
Amiguero como cualquier chero,
Fanático de lo extranjero
Y cachimbón como cualquier cabrón.

15- HUELLAS

Hubiera querido dejar huellas
Capaces de hablar,
De decir mi verdad,
De aclamar mí fe.

Hubiera querido dejar huellas
Imposibles de olvidar,
Sólidas como el mar,
Eternas como la fe.

Hubiera querido dejar huellas
Con carácter de aquel que:
Lo intentó y fracasó;
Lo hizo y triunfó.
Fue y dejó ser.

Hubiera querido dejar huellas
Plagadas de heroísmo,
Con tintes de humanismo
Y dosis de caridad.

Hubiera querido dejar huellas
Plasmadas en el corazón,
Colgadas de una ilusión,
Pintadas de pura pasión.

16- ¿QUIEN ERES TU?

¿Quién eres tú?
Que me preguntas ¿De dónde vengo?
¿A dónde voy? Y ¿De qué lado estoy?

¿Quién eres tú?
Que me miras con aire de te conozco,
Con ínfulas de yo no fui
Y con intenciones del que se fue.

¿Quién eres tú?
Que me acechas la conversación,
Que me espías la ilusión
Y que traicionas mi corazón.

¿Quién eres tú?
Que me llamas por otro nombre,
Que me tildes de ser sin nombre,
Y que quisieras cambiarme la piel.

¿Quién eres tú?
Que te crees mejor que yo,
Que supones tener mejor educación
Y que quisieras ser como yo.

17- DE AQUÍ Y DE ALLÁ

Yo soy de aquí y vengo de allá
De dónde el sol calienta más,
De dónde el mar me hace soñar,
De dónde yo, me niego a olvidar.

Yo soy de aquí y vengo de allá
De un lugar pequeño y mágico;
De un rincón sentimental
De un ¿por qué? Me siento nostálgico.

Yo soy de aquí y vengo de allá
De dónde hay gente de bien,
De dónde dar es comunión,
De dónde es fe la solidaridad.

Yo soy de aquí y vengo de allá
De un país que hace vibrar,
De un país inolvidable
Que, siempre, está en el corazón.

Yo soy de aquí y vengo de allá
De un pequeño nido de amor,
Dónde hoy canta un torogoz
Y el Izalco, duerme su voz.

18- MI CORAZON ES TUYO

Aunque la distancia-me cobije en mi intimidad,
Me enrede en mis pensamientos,
Me sumerja en mis lamentos
Y me abrace a mi realidad...
Mi corazón, siempre, será tuyo.
Porque me has visto nacer,
Me ofreciste tus bellos atardeceres,
Me has oído cantar
Y me has sentido llorar en mis amaneceres.
Mi corazón es tuyo
Porque te pertenezco por naturaleza,
Te pertenezco por decisión,
Te pertenezco por tu grandeza,
Y te pertenezco por ilusión.
Mi corazón es tuyo
Porque jamás te daré la espalda,
Porque jamás me oirás renegar de ti,
Porque jamás diré que no me haces falta
Y porque jamás me arrepentí.
Por eso, mi corazón es tuyo.
Porque no te puedo negar,
No te puedo olvidar,
No te puedo callar
Y por siempre, diré...
Mi corazón es tuyo.

19- AYER

Ayer te conocí
Y me enamoré de ti;
Ayer te di mi amor
Y cambiaste mi manera de vivir.
Me diste alas para un vuelo eterno,
Me diste versos para un cielo tierno,
Me diste olas en un mar de ensueño,
Me diste un sueño con tiempos buenos.
Me has colmado por completo,
Me has llamado a tu silencio,
Me has pintado rosas blancas,
Me has rociado de un sereno sin manchas.
Me llevaste a tu huerta
Y me ofreciste una ilusión;
Me llamaste a tu puerta
Y me sentaste en tu pasión.
Me has dado el calor de un beso,
La ternura de un te quiero;
Me has ofrecido la dulzura de una mirada,
La frescura de una velada.
He sido velero en tu mar de ensueño
Gaviota en la luz de tu puerto,
He sido estero en la soledad de un jilguero,
Amante de una noche de encierro.
Ayer te conocí
Y me enamoré, perdidamente, de ti.

20- HAS CAMBIADO

¡Qué no pienso igual como mi gente!
¡Qué he cambiado mucho en mi proceder!
¡Qué parezco otra persona, otro ser!
¡Qué definitivamente soy, diferente!
Desde que salí de mi burbuja,
Desde que tuve que partir,
Desde que encontré mi brújula
He tenido que reformular mi persona.
No es lo mismo estar
y sentirte espectador
Que estar y ser protagonista de verdad;
No es lo mismo decir:
«Aquí murió que aquí pasó»
Ni tampoco aceptar
Que no se puede hacer más.
¡No he cambiado en lo esencial!
Pero es importante ver las cosas desde otro ángulo,
Cambiar de perspectiva en lo espiritual
Y quitarse los lentes del rectángulo.
Pero, siempre, lucharé por la verdad,
Por lo que no tiene precio:
El amor, la fe y la solidaridad.
Lucharé por la libertad,
Sobre todo de aquel preso de la sociedad:
El enfermo, el pequeño y el sojuzgado.

21- DESDE LA DISTANCIA

Desde la distancia
Se ve diferente la realidad,
Se distingue fácilmente a la oveja negra,
Se observa el color de la tempestad.
Desde la distancia
El tiempo parece ligero,
Las palabras se vuelven jilgueros
Y la mariposa una brisa de soledad.
Desde la distancia
La mentira se vuelve sátira,
La herida se convierte en cátedra
Y la verdad, en un eco de libertad.
Desde la distancia
Los recuerdos perfuman el alma,
Las personas se unen en la calma
Y la historia, un libro en tu memoria.
Desde la distancia
La necesidad se viste de pobreza,
La realeza no es más que torpeza
Y la humildad, una pomada de caridad.
Desde la distancia
El himno se canta más fuerte,
La religiosidad se vuelve presente
Y el nombre, reclama piedad.

22- NO TRAICIONES

No traiciones tu nombre
Cuando niegas tu origen;
No traiciones tu lengua
Cuando el sol te convenga;
No traiciones tu familia
Cuando no la necesites;
No traiciones tu fe
Cuando mires al revés.

No traiciones a tus amigos
Cuando no conjugan contigo;
No traiciones tus tradiciones
Por cantar otras canciones;
No traiciones tu historia
Por las heridas en tu memoria;
No traiciones al amor
Cuando lo haces por placer;
No traiciones lo que eres
Porque vales más de lo que crees.

No traiciones tu casa
Porque te ha servido de hogar;
No traiciones a tus hijos
Porque siempre serán tus prefijos.
No traiciones a Dios
Porque es lo que te da valor.

23- UN POEMA PARA MI PADRE

Han pasado los años
y tu recuerdo sigue en mi alma y en mi corazón.
Gracias por tu tiempo,
Gracias por tu silencio,
Gracias por tu ejemplo,
Y gracias por tu forma de ser.
He tratado de seguir tus huellas,
de imitar hasta tus pasos,
de escuchar tus palabras
y de ser como tú.
Mi corazón arde al recordarte,
mi voz tiembla al pronunciar tu nombre
y mi ser se llena de gozo al pensarte.
Sabes, en este día,
tu recuerdo se hace más vivo,
más mío... y por eso te digo:
Dios te tenga en Gloria
por lo que me diste en vida...
vida y alegría.

24- POR QUERER

Por querer me perdí
En el mar de mis sentimientos,
Me ofrecí al cantar de las hadas blancas,
Y me entregué al beso que me ofreció la noche.

Por querer abandoné
El hogar de mis amores,
Busqué en la falacia de las caricias
Y me encontré errando en las calles del reproche.

Por querer estropeé
Un amor que me ofrecía una danza,
Claudiqué al compás de la abundancia
Y desprecié la luz por las tinieblas.

Por querer despilfarré
La mitad de mi vida,
Embargué un tesoro que no tenía
Y robé la herencia de mi paciencia.

Por querer me quedé
Sin lo que más amaba,
Sin aquello que en verdad importaba,
Sin la gloria de unos ojos que me esperaban.

25- AL FINAL

Cuando llegue el final,
Cuando hay que rendir cuentas,
Cuando lo vivido ya no cuenta más,
Cuando el adiós se vuelve una realidad...
Quiero que guardes en tu ser:
Mis palabras hechas realidad,
Mis promesas cumplidas,
Mis sueños realizados,
Mi amor por la libertad.
Tira por un saco roto:
Mis enojos por orgullo,
Mis rabietas de peseta,
Mi falseta en la mesa
Y mi arrogancia sin capullo.
Recuérdame
En lo simple de un atardecer,
En lo callado de mi silencio,
En lo tenue de un querer
Y en lo eterno de un pensamiento.
Quiero quedarme contigo
En la magia de una estrella mañanera,
En la cúspide de un recuerdo enamorado,
En lo noble de mi fe como abrigo,
En lo cálido de mi voz tras el arado
Y en lo fugaz de una nube pasajera.

POEMARIO

2

EL CISNE NEGRO

2020

EL CISNE NEGRO

«Era un día de verano, había ido a pasear a un parque cercano. La compañía estaba exquisita porque comenzaba a caminar con el amor de mi vida. Descubrimos al azar, la hermosura de un cisne blanco que navegaba sin pensar. Suave, altivo y delicado. Las miradas se posaban sobre él y no le importaba. Casi, parecía inmortal. Luego, al caer la tarde, el reflejo del sol jugueteaba con las suaves, olas de una brisa singular. De repente, de la nada, apareció de improviso un invitado singular. De dónde, no lo sé; pero su belleza nos cautivó, era un hermoso, cisne negro que armoniosamente nos acompañó. Ese hermoso ejemplar de la naturaleza se convirtió en nuestro amuleto de la suerte en el amor».

Robert Maximiliam.

INDICE

1- EL CISNE NEGRO

Era negro y profundo como la noche,
Era elegante y digno sin reproche.
Se deslizaba sobre las aguas calladamente,
Musitaba un deseo sutilmente.
El negro intenso de sus plumas,
Matizaba alegremente con el rojo de su frente.
Era diferente, era elocuente;
De repente, el verso se hizo amigo del presente.
Eran días cálidos, días de cortejo;
Por ahí, caminaba una doncella en festejo;
Con su andar discreto y su mirar coqueto
Clavaba eterno un dulce soneto.
Sobre el agua, jugaba suave su reflejo;
Su imagen blanca contrarrestaba sin complejo;
Parecían el Alfa y el Omega;
Sin embargo, serían el cóncavo y el convexo.
Nació del aire un suspiro,
Se convirtió en elixir de un pedido;
Calzó perfecto en el momento,
Vivió en lo complejo de un sentimiento.
En aquella tarde, un cisne negro,
Colmó de flores un altar blanco.
Fue un amor en lo divino;
Fue un fulgor que de lo alto vino.

2- EN UN MINUTO DEL TIEMPO

Hoy el tiempo se detuvo,
A pesar de los apuros;
Hoy la noche está muy bella,
Debe ser por las estrellas.
Hoy me quedo en el silencio
Musitándote en el tiempo.
Hoy el viento está paciente,
Educado en lo distante;
Hoy la vida me reclama
Que tu verbo está en la cama
Que me debo de apurar
Para poder conjugar.
Hoy quisiera amanecer,
Ser fugaz o inmortal.
Hoy he me vuelto bumerán,
Estoy de regreso en mi hangar.
Desempolvé, el baúl del recordar,
Y volé en los recuerdos del ayer.
No lo sé, debe ser la soledad.
Ese mal en mi callar
Que no le puedo obligar.
Hoy he vuelto a ser,
Un minuto en el tiempo de mi ayer.

3- UN ALTO EN EL CAMINO

Acostumbrado a caminar a mis anchas,
A mirar de frente y avanzar.
Acostumbrado a ser profeta de mis palabras,
A escribir sin miedo a los demás.
Mis pasos parecían firmes y sólidos,
Mis ojos esbozaban un semblante emprendedor;
El día se hacía frágil y efímero,
La noche apetecía ser larga y sin límite.
De repente, sin avisar,
El mundo se hizo pequeño;
El camino se detuvo en lo estrecho;
El techo bajo unos centímetros,
El decímetro del silencio agrandó en su longitud.
El piso se volvió quebradizo,
Mi alrededor se volvió vida en el comedor,
La paciencia no hizo caso de la ciencia;
La impertinencia agarró valor.
Un alto en el camino
Se volvió imperativo;
Los aperitivos del destino
Dejaron de ser un placer de Dios.
Los días tomaron su tiempo,
La noche se escondió en la desatención;
Mi voz comenzó a salir del interior
Y yo, me volví la oruga de un camaleón.

4- A PESAR DE TODO

¡Quién diría! Que a mis años,
Otra vez, tendría que aprender...
Aprender a ver la vida desde otro andén;
A ver el tiempo correr detrás de un tren.
Aprender a ser el payaso de mi ocaso,
El regazo del pedazo que cayó de mi retazo.
Aprender a ser niño para poder llorar,
Sembrar en el camino de otro para continuar.
Aprender a ser fiel sin que parezca obligación,
Ser canción de un gorrión entre líneas de devoción.
¡Quién diría! Que a mis años,
A pesar de todo, volvería a ser...
El aprendiz de los pasos de mi hijo,
El alumno del sermón de un sufijo;
A ser cometa en los ojos de un poeta,
A ser silueta en las manos de una peineta.
A ser motivo de un cautivo enamorado,
A ser legado de un furtivo renegado.
A ser ceniza en el fondo de una taza,
A ser calabaza en la manos de una moza.
¡Quién diría! Que a mis años,
Otra vez, aprendería...
A amarme menos y tolerarme más;
A morder mis labios y a morirme en paz.

5- RESONANDO

No soy más de lo que dicen los demás;
Ni menos de lo que piensa mi sereno.
Soy el verbo de un quizás
O tal vez, la tez de un ayer.
Quisiera ser, en vez estar;
O la posibilidad de un, tal vez.
Resueno en el vuelo de un señuelo;
En la pena de una condena;
En el hilo que quedó en el filo.
Soy trueno en la esquina de mi tina,
Estreno en la cantina de la vida,
Herida que sangra su partida.
Quiero ser lo que nunca pude ser,
Alcanzar lo que me falta por llegar.
Imitar el beso que nunca di,
Ofrecer la mitad de lo que un día fui.
Al final, ¿quién soy?
Seré la suma de lo que fui;
El vino de lo que añejé;
La verdad que oculté;
La mentira de lo que ofrecí.
Al final, ¿quién soy?

6- NI SANTO NI PECADOR

No soy el santo que muchos piensan,
Ni mucho menos el pecador que hay que crucificar;
Soy el poeta de la nada sin rima ni devoción,
Soy la canción que navega en el mar de la pasión.
Soy un bohemio de la palabra y la rima,
Soy la brisa que aparece sin cobija.
No soy lo que muchos quisieran,
Ni mucho menos lo que se me antoja fuera;
Soy la hoja que seduce el lapicero,
Soy lucero que aparece sin letrero.
Voy cargando el pecado de mis días,
La osadía de querer ser melodía.
Trago el amargo trago sin pena ni gloria,
Y en mi memoria vago sin pensar en la historia.
No soy futuro de ningún puro,
Ni soy presente de cualquier ausente;
Soy lo que menos quiero ser
Y más de lo pude ser.
He buscado y encontrado;
He creído y maldecido;
He sonado en lo pesado;
He callado mi legado.
No soy ni el salvador ni el acusador,
Tal vez, pudiera ser, un poquito mejor
De lo que hoy, he llegado a ser.

7- EN EL ESPEJO

Yo soy más de los que quieren llegar
Que aquellos que se niegan a caminar;
Más de los que quieren bordar
Que aquellos que tejen por pasar.
Me gusta educar mi paladar
Con el brindis de la verdad,
Cautivar una hoja al pasar
Para celebrar un poema de la mar.
Yo soy más de los que desean colorear
Los bordes de una silueta al atardecer;
Repasar una historia colosal
Aunque al final no sea de verdad.
Busco redimir mi pensamiento vago
Para escribir algún fragmento de mi ego.
Callo, cuando a veces no debo callar;
Busco, cuando el crepúsculo se niega a llegar.
Soy filamento de un posible acontecimiento,
Letra invisible de un poema errante.
No hay navegante sin ser tunante,
Ni pretencioso sin ser vanidoso.
Las canas que tengo las he ganado caminando,
El peso del tiempo me tiene preso
Y el viento, un día, será mi consejo.

8- EL AMOR QUE PROCLAMO

¡Quién soy yo para amarte menos!
Si solo por tenerte me vuelvo eterno.
No me queda más que ser tu amante,
Y robarte para poder adorarte.
¡Quién soy yo para querer olvidarte!
Si con solo pensarlo me quedo inerte.
No hay mejor suerte que tenerte
Y amuleto de mi mejor secreto.
Soy el afortunado que vive a tu lado,
Ese loco enamorado de tu costado.
El que merodea las curvas y acantilados,
Esos refugios que busco enajenado.
Bebo callado del suspiro atrapado,
Del canto sagrado que sale de tu pecado.
Cierro mis ojos para atrapar tu belleza
Esa franqueza de tu delicadeza;
Atrapo el recado que me has dejado,
Entre lo mojado y lo gozado.
¡Quién soy yo para amarte menos!
Si entre más te amo, más te deseo.
Si entre más te miro más suspiro,
Si entre más callo, más reclamo.
Este amor que te proclamo
Es el mismo que hoy declamo.

9- ALARDE DE POETA

Que la poesía no se acabe
Porque no quiero dejar de soñar,
Que no deje su hermosura
Pintarme hamacas en el mar.
Que mis palabras no se marchiten
Que florezcan sin parar,
Que se vuelvan cicatrices
Que no paren de cantar.
Que mi silencio sea eterno
Para que el verbo sea paz,
Para que Dios me ilumine
Y siembre aromas de azahar.
Que la palabra sea humilde
Que se encarne en mi altavoz,
Que sea fuente de protesta
Si en mi apuesta caigo mal.
Que la silueta del cometa
Pinte bitácoras de coral.
Que la rima se haga prima
Del cortejo y su andar;
Que se vuelva mariposa
Y entre rosas musiten aromas de papel.
Que la poesía no se vuelva fría
Y me caliente la ansiedad.
Que mi alarde de poeta
No sea una saeta tirada al azar.

10- MI ORACIÓN DE AMOR

Nuestro amor nació a partir de una oración,
De rodillos suplicando compasión.
No había dado una, en mi comunión,
De una en una, se acumuló la desilusión.
Me dejé caer, decidí esperar
Y l tiempo, me ofreció su solución.
Me entregué a cantar, ofrecí mi voz
Y entre misas floreció mi amor.
No creía en la respuesta del Señor,
Me negaba a ser elegido en el amor.
Me aferré a las condiciones para creer,
Y me dejé convencer.
Una a una, fue cayendo ante mis pies;
Como hojas de papel en el caminar.
Una a una, se cumplió en mi testarudez
Y al final, acepté mi realidad.
Eras tú, la elegida de mi Dios;
Esa fruta elegida por amor.
Te miré y te amé
Prometí, serte fiel hasta el final.
Te sentí y te adoré
Ofrecí, mi vida entera por amor.
Nuestro amor nació a partir de una oración.

11- UNA VEZ MÁS

Una vez más tengo que volver atrás,
Caminar mirando atrás,
Y pensar que nada puedo hoy cambiar.
Una vez más tengo que volver atrás,
Detener mi caminar y esperar
Que la vida me ofrezca otra oportunidad.
Una vez más tengo recomenzar,
Recoger, los pedazos de mi andar
Y tratar de remendar.
Una vez más tengo una oportunidad
De recomenzar y poder cambiar
Y tratar de ser mejor.
Una vez más, contra la pared;
Sin saber si podrás seguir,
Y continuar.
Y si esta vez, tengo que parar...
Doy gracias a Dios
Por lo vivido, lo comido y lo gozado
Porque del pasado he quedado curado.

12- VOLVIENDO LA MIRADA AL CIELO

Cada vez que el ruido enmudece mi existir,
Vuelvo mi mirada al cielo.
Cada vez que la impotencia me obliga a llorar.
Vuelvo mi mirada al cielo.
Cada vez que mi camino llega a una encrucijada,
Vuelvo mi mirada al cielo.
Cada vez que la vida me arrodilla sin medida,
Vuelvo mi mirada al cielo.
Cada vez que el miedo se vuelve impertinente,
Vuelvo mi mirada al cielo.
Cada vez que se nubla mi mente,
Vuelvo mi mirada al cielo.
Cada vez que no encuentro salidas,
Vuelvo mi mirada al cielo.
Cada vez quiero gritar sin medida,
Vuelvo mi mirada al cielo.
Cada que la frustración me aprieta el corazón,
Vuelvo mi mirada al cielo.
Cada vez que se escapa una ilusión,
Vuelvo mi mirada al cielo.
Y cada vez, siempre, encuentro una razón
Para seguir creyendo,
Para seguir buscando,
Para seguir insistiendo.
Y siempre, vuelvo mi mirada al cielo.

13- NO TEMAS, YO ESTOY CONTIGO

Cuando la oscuridad me inundaba en mi niñez,
Él siempre me decía: ¡No temas, yo estoy contigo!
Cuando mis amigos me abandonaban en la juventud,
Él siempre me decía: ¡No temas, yo estoy contigo!
Cuando la desilusión me destrozaba sin razón,
Él siempre me decía: ¡No temas, yo estoy contigo!
Cuando la vida me presentaba varias alternativas,
Él siempre me decía: ¡No temas, yo estoy contigo!
Cuando la enfermedad me acostaba y me callaba,
Él siempre me decía: ¡No temas, yo estoy contigo!
Cuando la vergüenza me arrodillaba y me castigaba,
Él siempre me decía: ¡No temas, yo estoy contigo!
Cuando todos me fallaban y me olvidaban,
Él siempre me decía: ¡No temas, yo estoy contigo!
Cuando los errores me confrontaban y señalaban,
Él siempre me decía: ¡No temas, yo estoy contigo!
Cuando no tenía que comer ni que vestir,
Él siempre me decía: ¡No temas, yo estoy contigo!
Cuando mi razón perdía su compás en el quizás,
Él siempre me decía: ¡No temas, yo estoy contigo!
Cuando el amor me deja mirando hacia atrás,
Él siempre me decía: ¡No temas, yo estoy contigo!
Hoy, cuando sus pies no pueden sostenerlo más,
Le digo: ¡No temas, yo estoy contigo!

14- AMANECIENDO

Amanecí y al abrir los ojos me descubrí...
Vivo, consciente y sonriente.
Respiré profundo y fuerte, hasta colmar mi suerte,
Esbocé una sonrisa y acepté.
Acepté el reto de seguir viviendo,
La osadía de seguir peleando,
La gallardía de seguir soportando
Y la firmeza de seguir creyendo.

Acepté la oportunidad de seguir intentándolo,
Por amor a mis seres queridos,
Por respeto a mis amigos de siempre,
Por el privilegio de sentirme elegido,
Por lo suerte de seguir brillando,
Y por caridad a lo más preciado, mi vida.

Amanecí y al abrir los ojos me descubrí...
Enamorado de mi pasado,
Ilusionado con mi futuro,
Y afortunado con mí presente.
Miré a mi costado y estaba acompañado,

No estaba solo.
Me levanté, dije: gracias, entusiasmado,
Corrí al cuarto y descubrí a mi hijo dormido.
Lloré como un condenado.
Y dije: ¡Soy afortunado!

15- OTRA OPORTUNIDAD

¿Quién eres?
Le pregunté, miedoso.
¡He venido por ti!
Me respondió mirándome a los ojos.
¿Por mi?
Volví a preguntar, dudoso.
¿Estás preparado?
Me preguntó, sosegado.
Miré a mi lado, desconcertado;
Sentí deseos de llorar,
Estaba atado.
Se apagó la luz de mi mirar,
Se volvió un punto mi esperanza,
Se sofocó la fuerza de mi respirar,
Dejé, por un instante de pensar,
Acepté la decisión sin recriminar.
En ese punto del camino,
El futuro no tiene sentido,
El presente ha caducado,
El pasado es legado.
De pronto, una voz, me dijo:
Despierta, es hora de recomenzar.
Abrí los ojos y el mundo
Volvió a brillar, más fuerte, más hermoso...
Tenía ganas de gritar... ¡Estoy vivo!

16- CREENCIAS

No creo en las palabras bonitas
De alguien que tiene un pasado oscuro;
No creo en la promesa de cambio
De alguien que jamás ha cambiado.
No creo en la solidaridad
Cuando se esconde detrás de la publicidad.
Creo más en las obras
Cuando van de la mano con la palabra;
Creo más en el bien común
Que en el bien personal,
Creo más en la salud
Que en lo material;
Creo más en el amor
Cuando viene de Dios.
No creo en aquellos que se desgarran las ropas
Y después te quitan el plato de sopa;
No creo en aquellos que ondean banderas
Con colores disfrazados con otras fronteras;
No creo en los asilados, perseguidos y calumniados
Que están sentados en un maletín robado.
No creo en vos que no me dices quién sos
Porque al parecer conoces mi voz.
Creo más en lo que soy, en lo que he hecho y a dónde voy.

17- NI AYER NI MAÑANA, SOLO HOY

Ayer, se esfumó como el tiempo;
Mañana, no sé si vendrá
Hoy, es lo único que me queda en verdad.
Ayer, hice tantas cosas a destiempo;
Mañana, no sé si las volvería hacer.
Hoy, me pregunto: ¿será el momento?
Ayer, quise con tanta locura;
Mañana, si sucede, lo haré con cordura;
Hoy, existe en mí la duda.
Ayer, no me preocupaba gran cosa;
Mañana, no me importaba en lo absoluto;
Hoy, me da miedo no llegar al final del día.
Ayer, lapidé mis mejore sorpresas,
Mañana, llegaré sin ningún tributo;
Hoy, a penas puedo ofrecer un poco de alegría.
Ayer, maldije por mi mala suerte;
Mañana, agradeceré quizás hasta la muerte;
Hoy, me conformo con ser presente.
Ayer, tenía tantas aspiraciones;
Mañana, posiblemente, serán ilusiones;
Pero, hoy, me encuentro con algunas realizaciones.
Ayer no era nadie,
Mañana, seré un don nadie;
Hoy, soy el único culpable.

18- QUERERTE Y AMARTE

¿Cuántas veces te he dicho que te quiero?
¡No me acuerdo!
Prefiero pensar que nunca te lo he dicho
Para volverlo a decir.
Decirte que te quiero es como ver un lucero
En la esquina de mi cielo.
Es tener un cielo repleto de anhelos
Cubriéndome el pelo.
¿Cuántas veces te he dicho que te amo?
¡Si me acuerdo!
Me acuerdo que la primera vez
Fue tan bonito que me sentí pequeñito.
En otra ocasión, tenía tanta timidez
Que mi voz salió con un gallito.
Ahora, cada vez que te digo que te amo,
Me siento un sobre humano.
Quererte y amarte
Son, el estandarte de mi amor para saludarte;
Son, la parte de mí ser que quiere adorarte;
Es el arte que me nace por desearte.

19- AL FINAL DEL DÍA

Justo antes de cerrar los ojos,
De decirle adiós a este día,
Me quedo en el vacío de un antojo,
En una alegoría en orfandad, sin compañía.
¿Y si mañana no despierto?
¿Y si éste, se convierte en mi último día?
¡Me quedo desierto!
¡Me ahogo en mi agonía!
Sonrío y digo: ¡Tengo que dar gracias por lo vivido!
Por las personas que he amado y me han amado.
Por los momentos buenos y malos; por cada uno de mis sentidos.
Por lo que dicho y por lo que he callado.
He hecho tantas cosas y tantas otras no las he podido hacer.
He fallado, mentido y hasta insultado;
Más nunca he renegado mi fe.
He ganado, perdido y empatado;
Pero siempre jugué por el placer.
En verdad, he sido afortunado de estar vivo.
Es hermoso ver y apreciar los colores de la vida,
Es maravilloso poder expresar lo que se piensa,
Es delicioso saborear cada cosa que toca la boca;
Es tierno saber que puedes palpar con tu cuerpo y con tu espíritu,
Es increíble descubrir cada melodía del mundo a tu alrededor.
Es incalculable saber que puedes amar y sentirte amado.
¡Gracias Señor, por la vida que he vivido!

20- ESCARCHA

Hoy estuve, me detuve y fui escarcha en mi pasado.
Fui sombra que seguía huellas en arenas movedizas,
Fui rima que buscaba versos invocados;
Fui asilado, en las celdas de una requisa.
Hoy estuve y una nube me cobijo el ojo,
Un enero fue lucero en la cumbre de un potrero,
La realeza de una promesa me señaló de lejos,
Un espejo fue el reflejo de lo que tuve en un cerro.
Me detuve en el punto de una estrofa muerta,
Fui cubierta de una apuesta encubierta,
Fui quizás de un tal vez de otra vez,
Fui la tez de un pez que no era feliz.
Hoy estuve, me detuve y fui escarcha en mi pasado.
Me quedé callado en lo penado por ser legado,
Observé la herida sin vida en el piso de un riso,
Medité mi ausencia en la esencia de mi presencia.
Detuve las ganas de ser ventana en mi cama,
De ser cometa en la cubeta de una receta,
De ser silueta en la meta de un deseo,
De ser «te quiero» en el vuelo que me llevo.
Fui escarcha en mi marcha espiritual,
Fui moral en el matorral de un piñal,
Fui puñal en el festival de un reclamo,
Fui un « te amo» en medio de un regaño sin amo.
Hoy estuve, me detuve y fui escarcha sin mañana.

21- AMARTE UN POQUITO MAS

Me gustaría amarte, un poquito más;
Desnudarte la mirada con mi mirar,
Descubrirte en un segundo mi corazón,
Ilusionarte la razón para amarrarte la ilusión.
Amarte sin mirar atrás,
Pensar que es la primera vez,
Que te tengo que conquistar,
Que no te puedo dejar escapar.
Amarte por dentro y por fuera,
Con malicia y codicia,
Con ternura y hermosura,
Con fortaleza y belleza.
Amarte de principio a fin,
Bañarme en el cielo de tus ojos,
Cubrirme con el encanto de tu antojo,
Abdicar ante la franqueza de tu sonreír.
Amarte, siempre, más;
Con dedicación y devoción,
Con pasión y abnegación,
Con detalles y con grandezas.
Demostrarte que soy la única opción,
Para tu dulce corazón,
Que soy el centinela que anhela
Ser el faro de tu ilusión.

22- MI CORAZÓN HA SIDO TUYO

¡Mi corazón, siempre, ha sido tuyo!
Desde que te vi por primera vez,
Tu belleza me cautivó el alma sin saber
Y en un instante perfecto,
Tu amor me diste a conocer.
No me pediste nada
Ni te ofrecí gran cosa;
Fue un amor en prosa,
En lírica y en armonía.
Fue una melodía que sonó un medio día,
Al compás de las campanas de la iglesia;
Fue una sentencia a una algarabía
Que en su día, musitó mi presencia.

¡Mi corazón, siempre, ha sido tuyo!
Sin miedos, nostalgias o temores;
Con certeza, realeza y firmeza.
Te lo ofrecí sin malicia,
Para que lo hicieras parte de tu vida;
Te lo ofrecí sin avaricia,
Sabía que lo tratarías con ternura.
Hoy en día, no me arrepiento
Te sigo amando como el primer día.
Y te seguiré amando
Hasta que la vida me dé vida.

23- AMANECIENDO EN TU AMOR

¡Amanecí! Amándote a morir,
sudando libertad y volando en plenitud.
¡Amanecí! Colmado de placer,
Reinando en la paz y surcando buen humor.
¡Amanecí! Silbando en mi interior,
Pintando corazones, agradeciendo tu bendición.
¡Amanecí! Mirándote sin mirar,
Sonriendo sin pensar, siguiendo tú caminar.
¡Amanecí! Sintiéndome súperman,
Rompiendo el qué dirán, amando sin pensar.
Y es que la noche de anoche,
Rompió los límites del tiempo,
Sembró futuros en nuestro cuerpo,
Y nos hicimos comunión.

24- RENACER

Solamente aquel que ha caminado en la sombra,
Ha malgastado su nombre
Y caído tan bajo que no se puede ver,
Puede entender lo que significa renacer.

Si, aquel que ha estado perdido,
Que mil veces ha sido maldecido
Y ha sentido derrumbarse el suelo bajo sus pies
Puede saber lo que significa renacer.

Él que ha estado muerto en vida,
Mantenido su estadía en la agonía
Y buscado un mejor pasto en la otra orilla
Sabe del poder de la palabra renacer.

Es como sacar del agua la cabeza,
Cruzar la línea de la oscuridad,
Respirar profundo y tener certeza
Que es posible experimentar la libertad.

Es haber estado preso sin cadenas,
Haber querido volar y dar pena;
Es querer gritar y sentir tu voz ahogar
Es morir y al mismo tiempo revivir.

Es pasar de la noche al día,
De la angustia a la alegría,
De la pena al remanso;
De la condena a la libertad.
Renacer es volver a sentirte vivo,
Es tener otra oportunidad.

25-UNA ROSA

Le regalaría una rosa
para expresarle mi amor,
para decirle preciosa,
eres la reina de mi corazón.
Le regalaría una rosa
En signo de comunión,
De un amor tan profundo
Que sólo existe entre los dos.

Una rosa
Que florezca eternamente,
Que perfume tu mente
Que sea fuente de amor.
Una rosa
Para la mujer más hermosa
Que hayan visto mis ojos
Un regalo de Dios.
Una rosa
Para el ser más divino,
Para un alma sagrada
Que ha hecho nido en mi corazón.

Le regalaría una rosa
Para engrandecer su mirada,
Para decirle: mi amada
Eres la reina de mi corazón.

POEMARIO

3

HUELLAS DEL ALMA

2020

HUELLAS DEL ALMA

« ¡Todos hemos dejado huellas en nuestro camino por esta vida! Yo no soy la excepción. He vivido muchas cosas negativas como positivas; me he caído pero me levantado; he maldecido y también agradecido. He sido engreído al igual que callado. He sido individualista y a la vez solidario. No me considero mejor que los demás, porque la vida me ha enseñado que hay alguien mejor que yo y alguien peor. He tratado de ser bueno en lo posible y en lo imposible he sido como la mayoría, mediocre. No alabo mis grandezas porque mis flaquezas pueden echarlo todo a perder. No he creído, me he burlado y, al final, he doblado mis rodillas en signo de humildad. Estas son algunas de mis expresiones íntimas sobre la vida, el amor y Dios»

Robert Maximiliam

INDICE

1- HUELLAS DEL ALMA

¿Quieres conocerme?
Mira hacia atrás.
Ahí están mis huellas,
Ahí está mi forma de actuar.
¿Quieres conocerme?
Pregunta a mis padres como los he tratado,
Pregunta a mis hermanos si lo he dañado,
Pregunta a mis amigos si los he olvidado,
Pregunta a mis enemigos si los he ofendido.
Yo soy el reflejo de mis padres,
Soy el eco de mis hermanos,
Soy la imagen de mis amigos,
Soy la cruz de mis enemigos.
¡Lo que ves hoy!
Es el resumen de mí caminar,
Es la sumatoria de una vida,
Es la bandera de una barca,
Es el estandarte de un callar.
No he sido ni ángel ni demonio;
Ni santo ni bandido;
Simplemente, he sido
Aquel que quiso ser,
Que lucho por sobrevivir,
Que al fin triunfo en el amor
Cuando puso su ser en la fe.

2- EL MOMENTO PERFECTO

Llegaste en el momento perfecto,
Ni antes ni después;
Antes, porque no estaba preparado para amarte;
Ni después, porque hubiera desperdiciado
Demasiado tiempo esperándote.
Llegaste justo cuando te necesitaba,
Cuando estaba preparado,
Cuando estaba libre,
Cuando nada me ataba,
Cuando deseaba amar y ser amado.
¡Lo supe!
Desde el mismo momento de tu encuentro,
Porque nuestras almas se unieron,
Porque nuestros espíritus compaginaron,
Porque en la oración nos hicimos comunión.
¡Lo supe!
Porque te estaba esperando,
Porque me lo habían prometido,
Porque el amor es grande
Y en su grandeza, tú eras la promesa.
Llegaste en el momento perfecto,
Con la perfección que maneja Dios,
Llenándome de ilusión el caminar,
Convirtiendo mi vida en una ilusión.

3- APRENDIENDO A SOBREVIVIR

Ni el silencio ni las dudas,
Ni el pasado ni el presente;
Ni los golpes ni la suerte
Me harán desfallecer
Porque he aprendido a sobrevivir.
A saber que todo pasa,
Que todo tiene una razón;
A pensar que hay un mañana,
Que nuevamente saldrá el sol.
A no dar nada por perdido,
A luchar aun vencido,
A esperar, un poco más.
Ni la distancia ni el pesimismo,
Ni la indiferencia ni el rencor;
Ni las malas vibras ni la desilusión
Me harán renunciar a Dios
Porque con él he aprendido a sobrevivir.
Él me da la fuerza en la enfermedad,
El me da luz en la oscuridad,
El me fortalece en la tempestad,
El me ama en libertad.
Sobreviviré
Porque en él soy eternidad.

4- ESTO, TAMBIÉN, PASARA

En las tribulaciones del alma,
En las penas del corazón,
En las heridas del cuerpo,
Y en el desierto de una ilusión...di...
¡Esto, también, pasará!

Cuando el camino se vuelva mezquino,
Cuando enfrente tengas un paredón,
Cuando la oscuridad parezca gobernar
Y el miedo te haga temblar...di...
¡Esto, también, pasará!

Cuando sientas que la vida no tiene sentido,
Que tus amigos pareciesen enemigos,
Que el mundo caminase al revés
Y que a tú fe le faltan los pies...di...
¡Esto, también, pasará!

Cuando la razón pierda su razón,
El destino su camino,
El tiempo este a destiempo
Y tu voz no tenga calor...di...
¡Esto, también, pasará!

Cuando te sientas esclavo de ti mismo,
Cuando te busques y no te encuentres,
Cuando te mires y no te reconozca
Cuando te empecines en dar vueltas a tu alrededor...di...
¡Esto, también, pasará!

5- COMO UN POEMA DE LA VIDA

Fuiste estrella en mi camino,
Fuiste luz, agua y vino;
Fuiste verbo agradecido,
Fuiste paz, beso y cariño.
Has abierto en mí, alas blancas;
Has rociado agua divina.
Me has cubierto de alabanzas,
Redondeado mis espinas.
Haciendo mí presente,
Un poema de la vida.

Fuiste árbol en la cima,
Horizonte en mi pendiente;
Fuiste ritmo en mi rima,
Mariposa en mi corriente.
Me rodeaste de alegrías,
Me alejaste mis fracasos;
Mejoraste mi sequía,
Albergaste mis ocasos.
Haciendo mí presente,
Un poema de la vida.

Y al pasar el tiempo
No me queda más lamento
Que no haberte conocido antes.

6- BAJO LA LLUVIA

Caminaba bajo la lluvia
Cuando apareciste frente a mí.
Como sombra mojada en la nada
Me miraste y te descubrí.
Las gotas deslizaban dulcemente
Y de repente se detuvieron en tu sonreír;
El tiempo se robó un segundo
Y el mundo congeló un suvenir.
Te ofrecí mi caminar
Y aceptaste mi compañía;
El cielo dejó de llorar
Y tu voz, se volvió mi sinfonía.
Bajo la lluvia
Caminaba renegando mi verdad,
Maldecía la cofradía
Que me impedía poder amar.
Y apareciste mojada,
Empapada de cabeza hasta los pies;
Me miraste sin más nada
Que una sonrisa a flor de piel.
Derrumbaste mis debates,
Mis muros de cartón;
Te arrimaste a mi matate
Y te convertiste en mi ilusión.

7- MAÑANA

Mañana, si me buscas;
Siempre, estaré ahí, para ti.
Mañana, si me necesitas,
podrás contar conmigo para sostenerte.
Mañana, siempre,
Estaré para ti, por amor, para ti.
Mañana, si te sientes solo,
Búscame como se busca el horizonte;
Como se busca cuando estás urgido,
Como se busca al estar al borde de la pendiente;
Como se busca al estar perdido.
Mañana, si no encuentras consuelo,
Búscame en lo profundo de tu ser;
En lo íntimo de tu pasado,
En lo ínfimo de algún legado;
En la cruz que te niegas a cargar.
Mañana, si me buscas;
Siempre, estaré ahí, para ti.
Mañana, si tienes necesidad de mi;
No te defraudaré
Mi mano estará ahí para ayudarte,
Mi ser estará contigo para acompañarte.
Estaré para ti, por amor, para ti.

8- AFERRADO

Sin más que decir,
Nada que agregar,
Nada que discutir,
Nada que ocultar.
Hoy me encuentro aquí,
En mi comunión interior;
Con mi corazón partido en dos,
Con mi ilusión queriendo mentir.
No deseo alabanzas ni aplausos,
Mucho menos baños de positivismo.
No quiero mentiras ni medias verdades,
Tan solo quiero aceptar quien soy.
Soy, ese que sigue aferrado a su pasado;
Que se niega a soltar las cadenas,
Que ama sentirse seguro,
Que en lo oscuro sigue siendo inseguro.
Soy, ese que sigue aferrado a su riqueza
Aunque los dotes de grandeza sean una falencia,
Los tesoros más queridos sean solo quimeras;
Y lo más preciado, siga siendo lo admirado.
Soy, ese que sigue aferrado a lo material;
A lo que parece descomunal.
Soy, ese animal civilizado
Que lejos de ser presente sigue siendo pasado.

9- CUANDO YA NO PUEDO MAS

Cuando ya no puedo más
Y mis fuerzas no me den;
Cuando sienta desfallecer
Y las ganas ya no estén...
Es cuando doblaré las rodillas
Y me pondré a llorar;
Siempre saldrá una plegaria
Que se volverá un bumerán,
El silencio me cobijará
Y me acogerá en soledad.
Un respiro nacerá fuerte,
Un alivio en el corazón;
Me secaré las lágrimas
Y volveré a caminar.
Cuando ya no puedo más
Porque todo vaya al revés;
Porque el tiempo sea un sin pies
Y la vida un no sé qué.
Como siempre terminaré por llorar,
Me pondré de rodillas
Y volveré a rezar.
Tengo un Dios que me escucha,
Que me ama y que no me dejará de ayudar.
Él me fortalecerá, me comprenderá
Y volveré a vestirme de orgullo para volver a ser.

10- QUIERO IMAGINAR

¡Quiero imaginar!
Que tu amor me pertenece,
Que por mí, día a día, crece;
Que en el fondo somos un solo ser.
¡Quiero imaginar!
Que mi amor es correspondido,
Que no es parte del olvido;
Que hasta el fin, nuestro amor, sobrevivirá.
¡Quiero imaginar!
Que tu amor nació para encontrarme,
Que luchó para saludarme
Y al llegar, decidió, hacer nido en mi hogar.
¡Quiero imaginar!
Que mi amor nunca estuvo solo,
Que me buscabas interiormente en tu vida;
Que dentro de ti, sabías, que yo existía.
¡Quiero imaginar!
Que tu amor seguía el destino,
Ese camino que me acercaba
Cada día, estaba, más cerca de mí.
¡Quiero imaginar!
Que mi amor es cosa de Dios,
Que fue quien nos hizo el favor
De encontrarnos, solo por amor.

11- ESTOY APRENDIENDO

En tiempos de calamidad
¡Estoy aprendiendo!
A vivir, el día a día, con lo necesario,
A esperar el día de mañana con ansiedad,
A no depender de los demás,
A hacer de lo cotidiano algo extraordinario.
¡Estoy aprendiendo!
A agradecer porque estoy con salud,
A pensar en aquel que está en el ataúd,
A rezar no solo por casualidad.
¡Estoy aprendiendo!
A soñar con el presente,
A disfrutar de lo que hago,
A aceptar que no soy tan diferente.
¡Estoy aprendiendo!
A no depender del qué dirán,
A evitar la tentación de consumir,
A no discutir por los demás.
¡Estoy aprendiendo!
A ser más sabio conmigo mismo,
Más indulgente con mis errores,
Menos idealista con lo que menos puedo cambiar.
¡Estoy aprendiendo!
A vivir en soledad en plena libertad,
a escucharme y no asustarme
a poder conversar con Dios.

12- ¿Y SI MAÑANA NO EXISTIERA?

¿Y si mañana, no existiera para mí?
¿Qué voy a hacer, en este poco tiempo que me queda por vivir?
¡Me pondría a llorar!
¡A lamentar lo que no pude realizar!
¡A discutir con Dios por qué me tocó a mí!
¡Me pondría a renegar!
Por lo que hice y lo hice mal;
Por lo que no hice pudiendo lo hacer.

¿Y si mañana, no existiera para mí?
¿Qué voy a hacer, en este poco tiempo que me queda por vivir?
¡Me pondría a rezar!
A agradecer todo lo que viví,
A disfrutar a los que están cerca de mí.
¡Podría, quizás!
Pedir perdón por el daño que cometí;
Por mi falta de solidaridad.

¿Y si mañana, no existiera para mí?
¿Yo voy a hacer, en este poco tiempo que me queda por vivir?
Callar y tratar de ponerme en paz...
En paz conmigo mismo,
En paz con los demás,
Y reconciliarme con el Dios del amor.

13- ANOCHE

¿Te acuerdas de anoche?
Cuando nos amamos.
Nacieron estrellas,
Mientras, nos besábamos,
Paramos el tiempo
Y dibujamos...un corazón con sentimiento.
¿Te acuerdas de anoche?
Cuando nos quisimos.
Abrimos ventanas
Y soltamos gorriones;
Soltamos pasiones
En forma de... corazones con sentimiento.
La noche de anoche
Pudo ser, la mejor de mi vida;
La noche de anoche,
En cada beso, te ofrecí mi vida.
Te amé como nunca,
Te desee hasta saciarme,
Me entregué sin medida,
Fui tuyo hasta cansarme.
La noche de anoche
Te dije que te amaba
Y no eran palabras vacías,
Te dije que eras mía
Porque en mi alma ya te esperaba.

14-ENAMORADO

Quisiera enamorarte siempre,
Llenarte el corazón de maravillas,
Ofrecerte a manos llenas mi vida,
Enloquecerte de amor, siempre.

Pintarte mariposas en tus ojos,
Despertar arco iris cada mañana,
Burbujear estrellitas al amarnos,
Escuchar a lo lejos las campanas.

Deseo ser tu mar en pleno vuelo,
Ser tu cielo cuando llueve,
Ser la nieve en tu anhelo,
Ser el velo que te envuelve cuando duermes.

Quisiera arroparte la mirada,
Provocarte carcajadas en la nada,
Musitarte melodías encantadas,
Invitarte a ser mi hada cada madrugada.

Me tienes preso de amor confeso,
Anonadado de alegría en la orilla,
Esposado de amor callado,
Estoy, simplemente, enamorado.

15- ESPERANDOTE

Te buscaba en todas partes
Y no te encontré;
Te grité en lo callado
Y no te escuché.
Te buscaba en las miradas
Y no te descubrí;
Te canté desesperado
Y me confundí.
Te buscaba en lo sagrado
Y no me convertí;
Me perdí en el pasado
Y no me encontré.
Renuncié a buscarte
Y me conformé con lo llegado;
Aun así, dentro de mí,
Seguía esperando por ti.
Esperando de que aparecieras
En cualquier momento.
Renuncie a las fresas del mercado;
Aun siguiendo hambriento.
Espera ansioso tu llegada
Y tú... tardabas.
Y al final, apareciste
Tal como te imaginaba.

16- ERES LA PERSONA ESPERADA

Eres perfectamente lo que esperaba,
Sin más ni menos;
Justo a mi medida.
Nuestras almas se acoplaron
Al primer intento,
Justo en ese momento.
Al principio no sabía lo que pedía,
Quizás porque no me conocía.
Con forme pasó el tiempo,
Poco a poco fui comprendiendo
Que, solamente, hay una persona
Que te llena cien por ciento.
Entonces, dejé de buscarte
Y decidí prepararme para no defraudarte.
Y cuando llegaste,
Mi corazón lo supo de inmediato;
Sin embargo, algo cauto,
Esperé el buen momento.
Pedí la sabiduría al cielo,
La prudencia y la inteligencia;
No quería perderte por necio,
Imprudente o soberbio.
Entonces, te ofrecí mi amor
Con todo mi corazón;
Y sin dudarlo, aceptaste
El ofrecimiento y ahí, nació, nuestro amor.

17- QUE HERMOSO HA SIDO QUERERTE

¡Qué hermoso ha sido quererte!
Desde el primer día que entraste a mi vida,
Desde el primer momento que me ofreciste una alegría,
Desde ese instante he sido feliz.
Te he querido y he crecido,
en amor, a tu lado;
Me he expandido como ser humano,
De tu mano he sido un ungido.
Han habido buenas y malas,
Pero siempre las hemos superado;
Han habido altos y bajos
Pero siempre hemos salido adelante.
Nuestro amor
Es grande y sigue creciendo
Porque nos seguimos amando.
Hemos sembrado respecto y fidelidad,
Comprensión y solidaridad;
Pasión y sinceridad.
¡Qué hermoso ha sido quererte!
Y seguir amándote es reconfortante.
De nada hubiera sido amarte y ofenderte;
Caminar y alejarte;
Hallar y perderte.
Nuestro amor es grande porque esta cimentado
Un amor eterno, un amor especial
Que solo viene de Dios.

18- UNA CREACIÓN DE AMOR

Si el pasado no existiera,
Tú no existes;
Pero vives en mi vida
Y eres la prueba.
¡Gracias a Dios!
Has llegado a mi vida.
¡Gracias a Dios!
Estás junto a mí.
Si el pasado no existiera,
Yo no existo.
Pero estoy aquí,
Viviendo por amor.
¡Gracias a Dios!
Soy parte de la creación.
¡Gracias a Dios!
He sido creado por amor.
Soy la prueba de que Dios existe,
Soy pasado, soy presente
Estoy aquí.
Y me siento bendecido,
Por tenerte, junto a mí.
Y me siento agradecido,
De poder existir.
Soy parte de una creación de amor.

19- DUELE SABER

¡Duele saber!
Cuan estúpido he sido al ver hacia atrás
Y ver cuántas veces he dañado, simplemente, por maldad.
¡Duele saber!
Que el placer ha sido rey en mi orfandad,
Que la paz la he perdido por mezquindad.
¡Duele saber!
Que en lugar de crecer me he empequeñecido,
Que pudiendo amar he escogido odiar.
¡Duele saber!
Que mis huellas del pasado no las he puedo borrar,
Que se burlan, me incriminan y me hacen llorar.
¡Duele saber!
Que mis palabras han sido dagas en la oscuridad,
Que mis llagas las he ganado por infidelidad.
¡Duele saber!
Que al final no soy más que reflejo del desamor,
Que el rencor ha tenido más lugar que el amor.
¡Duele saber!
Que pudiendo ser feliz he escogido la infelicidad,
Que pudiendo volar he sido preso de la vanidad.
¡Duele saber!
Que las heridas causadas no las he podido cerrar,
Que el perdón está de más cuando ya no se está.

20- HE APRENDIDO

Con el tiempo he aprendido
Que no hay que hacer cosas buenas que parezcan malas,
Ni malas que parezcan buenas.
Que mientras haya esperanza hay oportunidad,
Mientras haya oportunidad se puede luchar por la vida.
Con el tiempo he aprendido
Que no hay que esperar a mañana para hacer lo que puedes hacer hoy;
Que hay que decir te quiero, te amo o te extraño
Porque después eso te hace daño.
Con el tiempo he aprendido
Que las medias verdades se parecen a las medias mentiras,
Que al final del día la mentira queda desvestida
Y la verdad sale a bailar muy consentida.
Con el tiempo he aprendido
Que mi verdad no necesariamente tiene que ser tu verdad;
Que aquel que no da nunca sabrá lo que significa recibir.
Con el tiempo he aprendido
Que vale más pájaro en mano que miles volando,
Que la ilusión se desvanece al pasar la pasión.
Con el tiempo he aprendido
Que la distancia te acerca a lo querido
Y que lo discutido acerca a los amigos.
Con el tiempo he aprendido
Que el alma y el espíritu son más importantes que el cuerpo
Y que el verbo se conjuga mejor en el amor y la caridad.

21- SER LO QUE NO SOY

He querido maquillar el beso,
La frase más bonita de una conquista,
El dibujo que refleja mi cuerpo.
He querido abrir arco iris
En tiempos de primavera barata,
En playas de lunas de plata,
En lagunas vestida de hojalata.
He querido vender poesías
A tristezas que lloran melancolías,
A musas que desfilan en mis fantasías,
A ecos que repiten mis alegorías.
He querido vestirme de gloria
Repitiendo mis viejas memorias,
Cabalgando siluetas de historia,
Ondeando banderas sin memoria.
He querido escribir en el tiempo
Pasajes musitados por el viento,
Versículos calcados de tormento,
Recados que al final me arrepiento.
He querido ser quien no soy
Gustar siendo otra persona,
Vestir imitando alguna llorona,
Sentir sin sentir lo que yo soy.

22- TU SILENCIO

Si tú silencio fuera mío,
Me robaría tu vacío
Y me anidaba en tu mirar.
Me escondería en alegría,
Te ofrecería,
Mi forma de soñar.

Si tú silencio fuera mío,
Lo tomaría en albedrío,
Para hacer con mí antojo tu altar.
Le pondría flores amarillas,
Una guirnalda cada día
Para demostrarte mi amor.

Te escribiría una alegoría
De palabras mías,
Sola para ofrecerte mi callar.
Te diría con siluetas
Que para tu alma soy el poeta
Que te desea dibujar.
Y con las rimas de mi alma,
Encendería la velita de mi llama
Para adorarte al despertar.
Si tú silencio fuera mío,
Yo te juro que tú serías mi cantar.

23-CUANDO EL AMOR MANDA

Cuando el amor manda
Los besos son cadenas invisibles,
Las caricias son olas desbordantes,
Y los recuerdos ecos en la nada.
Los detalles son estrellas en el cielo,
Las miradas son ventanas en noches doradas,
Las palabras ilusiones escritas en la cama
Y el silencio un libro que sirve para el desvelo.

Cuando el amor manda
La vida tiene otro sentido,
El tiempo se viste de aliado
Y el camino una luz en la morada.
Cada mañana es una vitamina para la esperanza,
Cada noche la certeza de tener una añoranza,
Cada hora la cereza de un presente,
El horizonte el vicio de un creyente.

Cuando el amor manda
Se dan las llaves del corazón,
Se ofrece la cama del alma
Y se enciende por dentro la llama de la pasión.
Se da el derecho por amor,
Se aceptan las reglas por decisión,
Se vuelve la vida una solidaridad
Y se superan los problemas por caridad.

24- SENTIRSE AMADO

¡Qué bonito es sentirse amado!
El ser correspondido es algo añorado,
Algo que te vuelve eterno,
Un verbo conjugado en el amor.
¡Qué bonito es sentirse amado!
Porque borra la maldad en tu corazón,
Reduce el mal a su mínima expresión,
Te vuelve un poema del amor.
¡Qué bonito es sentirse amado!
Porque le encuentras sentido a la vida,
Porque te da fuerzas para luchar en la caída,
Porque te hace sentir único en todo el mundo.
¡Qué bonito es sentirse amado!
Porque te vuelves héroe en un segundo,
Un tesoro para otro mundo,
Un jilguero abriendo su ilusión.
¡Qué bonito es sentirse amado!
Porque te hace ver la vida de distinta manera,
El respirar profundo y arreglar el mundo,
Ser paciente y complaciente.
¡Qué bonito es sentirse amado!
Porque haces tuya todas las banderas,
Haces del amor un trotamundos
Y del universo algo intrascendente.

25- ¿Y SI EL AMOR EXISTE?

¿Y si el amor existe?
¡En dónde quedaré yo!
Que lo he tratado con displicencia,
Insignificancia y arrogancia.
¡Con qué cara le miraré!
Al haberle dado la espalda por cobardía,
Por haberme burlado en el día a día,
Por haber dudado de su filosofía.

¿Y si el amor existe?
¡A qué santo le pediré perdón!
Por no haber sido una pequeña ilusión,
Por haber crucificado el verbo amor,
Por no haber escuchado a mi corazón.
¡Cómo quedaría hoy!
Porque me burlé de su sencillez,
Porque abusé de su caridad,
Porque despilfarré toda su bondad.

¿Y si el amor existe?
Me sentiré fatal al haberlo ignorado,
Pequeño al sentirlo a mi lado,
Culpable al haberlo traicionado.

POEMARIO

4

LUCES EN LA OSCURIDAD

2020

LUCES EN LA OSCURIDAD

«Al caminar, muchas veces nos encontramos en medio de la oscuridad. No sabemos dónde estamos, ni distinguimos nada y nuestra orientación pierde su dirección. De repente, el miedo nos provoca tristeza, desesperación y deseos de llorar. Nos quedamos quietos, petrificados sin saber qué hacer ni a quién llamar. Sin embargo, de la nada, siempre surgen luces que nos guían en la distancia. A veces, son pequeñas pizcas de luz que aparecen y desaparecen sin dejar más rastro que un recuerdo perdido en no sé dónde. Otras veces, se parecen a velas encendidas en la distancia que conforme nos acercamos agrandan su luz.

Las luces en la oscuridad son ángeles vestidos de luz que se apiadan de nuestra desorientación y nos ofrecen un hilo de esperanza para que podamos salir a la luz. En ese caminar, muchas dudas, preguntas y reflexiones brotan como estrellas del alma queriendo ser, luces en tanta incertidumbre».

INDICE

1- UNA LUZ EN LA OSCURIDAD

Hay una luz
que me guía en la oscuridad
es intensa, es sublime
es un verso para el amor.
Hay una luz
que me guía en la oscuridad
es hermosa, es una prosa
es un canto para el amor.

ESA LUZ, ES JESUS
ES EL CAMINO EN LA OSCURIDAD.
ESA LUZ, ES JESUS
ES LA VERDAD ENTRE LA MALDAD
ESA LUZ, ES JESUS
ES MI RUMBO HACIA MI LIBERTAD
VOY CAMINO
HACIA EL PADRE,
HACIA SU AMOR,
HACIA EL REINO DEL AMOR.

Hay una luz
que me guía en la oscuridad
Está ahí, para mí;
Para no perderme en mi caminar.
Hay una luz
que me guía en la oscuridad
es por ti, es por mi;
es para llevarme al reino del amor y de la paz.

2- YO RENACERE

A pesar del tiempo,
A pesar del viento,
Y de la tormenta... Yo renaceré.
Porque estoy hecho de amor,
Porque mi techo es el amor,
Y porque vivo, solo por amor.

A pesar de todo,
A pesar del modo,
Y del sufrimiento... Yo renaceré.
Porque mi barca sigue el amor.
Porque mi llama la enciende el amor
Y porque no estoy solo, existo en el amor.

YO RENACERÉ
DESPUÉS DE LA TORMENTA,
DESPUÉS DE LA ENFERMEDAD,
SOBREVIVIRE SOLO POR AMOR.
YO RENACERÉ
MÁS FUERTE QUE NUNCA
MÁS DECIDIDO QUE AYER
ENCENDIDO EN MÍ SER.
YO RENACERÉ
DE LA MANO DEL DIOS
ACOMPAÑADO DEL AMOR
ENAMORADO POR AMOR.

A pesar del llanto,
A pesar del canto,
Del desencanto... Yo renaceré.

3- TU QUE HAS ESTADO AHI

A ti que has estado ahí,
Suspirando detrás de mi cantar;
A ti que me has tenido en ti,
Murmurando en tu radar.

Tú que has estado ahí
Presente, en mi caminar.
Toma mi verso, es para ti.
Toma mi canto que quiero en ti volar.
En tu universo,
Quiero ser aroma y mar.
En tu posada, poder iluminar.

Tú que has estado ahí
Constante, hasta en mi callar.
Toma mi canto y hazlo volar.
Toma mi verso que quiero en ti soñar.
En tu barca,
Quiero ser luz y sal.
En tu morada, quiero descansar.

A ti que has estado ahí,
Añorando sin poder entrar;
A ti que me has adoptado,
Amado como alguien especial.

4- NECESITANDOTE

Señor ¿En dónde estás?
Necesito sentir tu presencia.
Señor ¿En dónde estás?
Necesito saberte a mi lado.
Tengo miedo, estoy solo
Mi camino se hace eterno.
Tengo miedo, no me encuentro
Me he perdido en el desierto.

Señor ¿No te veo?
Necesito escuchar tu palabra.
Señor ¿No te veo?
Necesito pensar que estás cerca.
Estoy solo, sin amigos
Mi camino es un fracaso.
Estoy triste, abandonado
Me he quedado en el pasado.

Y AHORA, ESTOY...NECESITANDOTE.
COMO AGUA EN EL DESIERTO
COMO SOL EN PRIMAVERA
COMO PALABRA DE ALIMENTO
COMO LUZ EN MI CAMINO

Y AHORA, ESTOY... NECESITANDOTE.
COMO AMIGO A MI LADO,
COMO TESTIGO DE UN CAMINO,
COMO VOZ EN LA DISTANCIA
COMO FARO EN LA TINIEBLA.

5- AYER EN LA CUMBRE

Ayer en la cumbre
Mi corazón se volvió un bolero,
Un pedacito de cielo,
En el mirar de un lucero.
Quise, alcanzar con mis manos,
El recuerdo de un beso
Y me refugié en el calor
Que reflejaba mi anhelo.

Ayer en la cumbre
Me sentí un triste poeta.
Comencé a divagar en lo hermoso de tu silueta.
Escribí palabras dulces en tu piel de seda
Y tejí rimas en la esquina de lo que me queda.
Murmuré ecos de un amor en vela,
Cabalgué eterno al compás de tu pelo.

Ayer en la cumbre
Me volví la sombra de lo que fui.
El verso añejo de un popurrí
Que entre más viejo, más lejos.
Solté una lágrima de yo no fui,
Me volví el muñeco de mi recuerdo.
Callé, como tantas veces;
Luego, bajé para no volver a ser, lo que fui, ayer.

6- NO ME DEJES DE AMAR

Si, tú te vas
¿Dónde vas?
Yo iré, hasta ahí

Si, tú te vas
¿Dónde voy?
Yo sin ti, moriré

NO, NO TE VAYAS NUNCA
NUNCA, NUNCA, NUNCA
ME DEJES DE AMAR.
NO, NO ME DEJES NUNCA
NUNCA, NUNCA, NUNCA
ME DEJES DE AMAR.

Sí, yo me voy
¿Dónde voy?
Yo sin ti, nada soy.

7- EN MI SOLEDAD

Una y otra vez,
Vuelvo a tomar el tren de mi soledad.
Una y otra vez,
Vuelvo a ser lugar para ver el mar.
Una y otra vez...

EN MI SOLEDAD,
VUELVO A CAMINAR
ESPERANDO MÁS.
EN MI SOLEDAD, COMO TIEMPO ATRÁS
SOY, INTIMIDAD.

EN MI SOLEDAD...
EN MI SOLEDAD, SIGO SIENDO PAZ
ESPERANDO MÁS.
EN MI SOLEDAD, REFUGIO MI SER
PARA SER VERDAD.

Una y otra vez,
Vuelvo a navegar buscando callar una tempestad.
Una y otra vez,
Vuelvo a ser cantar del verbo volar.
Una y otra vez...

8- CUANDO MUERE EL AMOR

Cuando muere el amor
Hay que llorar, hasta, quedar vacío.
Hay que pensar que no es culpa del amor.
Hay que saber, perdonar y decir adiós.
Cuando muere el amor
Hay que dejar las aguas nivelar,
Hay que callar para dejar de cavar.
Hay que pensar que pronto pasará.

CUANDO MUERE EL AMOR
ALGO, MUERE AL INTERIOR
ALGO, SE APAGA EN EL ALMA,
ALGO, SE NIEGA A VOLAR.

CUANDO MUERE EL AMOR
ALGO, MUERE EN SOLEDAD
ALGO, DEJA DE BRILLAR,
ALGO, NO VUELVE A SER IGUAL.

EL AMOR, NO SE PUEDE OBLIGAR;
EL AMOR, NO SE MUERE POR CASUALIDAD;
EL AMOR, SOLO, CAMBIA DE LUGAR.
EL AMOR, RENACERA.

9- TU PALABRA

Todos me dicen que:
Tu palabra levanta muertos
Tu palabra derriba muros
Tu palabra rompe cadenas.
Todos me dicen que:
Tu palabra levanta muertos.
Tu palabra ilumina el alma
Tu palabra me vuelve fuerte.

HABLAME, SEÑOR
YO QUIERO ESCUCHARTE.
QUIERO QUE ME ILUMINES
QUIERO QUE ME LEVANTES
QUIERO QUE TU: SEAS MI FUENTE DE ALIMENTO.

HABLAME, SEÑOR
YO QUIERO ESCUCHARTE.
QUIERO QUE ME RESUCITES
QUIERO QUE ME SOSTENGAS
QUIERO QUE SEAS TÚ: MI DIOS, EN TU PALABRA.

Háblame Señor, una y otra vez
Hasta que me convenzas y seas, mi Dios.

10- MÁS ALLÁ

Más allá del sol y del mismo final.
Yo te amaré, hasta la eternidad.
Más allá del sol y de un punto final.
Yo te amaré, sin mirar atrás.

MÁS ALLA
YO TE AMARE
ABRIENDO EL CORAZÓN
DOBLANDO MI RAZÓN
HINCADO POR AMOR.

MÁS ALLA
YO TE AMARE
CON MIS MANOS ABIERTAS
DESNUDANDO EL SILENCIO
OFRECIENDOTE ALAS.

Más allá del sol y de la eternidad
Yo te amaré, cada día más.
Yo te amaré, entre luz y sal;
Y me ofreceré para ser verdad.

11- VOLVER A NACER

Necesito volver a creer
Necesito volver a nacer
Como verso en el silencio,
Como aroma en la soledad,
Como río de agua viva;
Como espuma en libertad.

Necesito volver a creer
Necesito volver a nacer,
Como día, cada día;
Como luna, al anochecer,
Como risa en la nada,
Como brisa sin avisar.

VOLVER A NACER DE LA NADA
OLVIDÁNDOME DEL AYER
SIN PASADO, SIN CADENAS;
SIN ERRORES, EN LIBERTAD.
VOLVER A NACER
PARA VOLVER A CREER EN EL AMOR.

12- SI ME LLAMAS AMOR

Amor, si me llamas: amor.
Abre tu corazón
Y déjame, déjame entrar
Para adornar tu oración.
Amor, si me llamas: amor.
Olvida tú, razón;
Y déjame, déjame volar
En el cielo de tu ilusión.

AMOR, AMOR. MI QUERIDO AMOR
BAILEMOS EL VALS
DEL VERBO AMAR.

AMOR, AMOR. MI QUERIDO AMOR
SEAMOS VERDAD
EN EL TIEMPO DE DIOS.

AMOR, AMOR. MI QUERIDO AMOR
SEAMOS AMOR
PARA LA ETERNIDAD.

13- EL BRILLO EN TUS OJOS

Hay un brillo en tus ojos
Hay un brillo en tu mirar
Que me invita a soñar
A buscar en el cielo, el verbo amar.
A mirarte de frente y amarte por la eternidad.

Hay un brillo de felicidad... en tus ojos
Hay un brillo en tus ojos
Hay un brillo en tu mirar
Que sorprende mi alma
A ser libre, ser verso, a sonar en libertad.
A decir cosas bellas y ser estrella en intensidad

Hay un brillo de humildad... en tus ojos

QUIERO VERME EN TUS OJOS
SONRIENDO DE FELICIDAD
QUIERO VERME FELIZ
AMANDO EN LIBERTAD

QUIERO VERME EN TI
DICHOSO EN EL AMOR.
QUIERO VERME EN TUS OJOS
VOLANDO EN EL AMOR.

14- SIGUES SIENDO MI GRAN AMOR

Ha pasado, tanto, tiempo;
Que el silencio se ha vestido de soledad.
Tantas horas, sin demoras;
Tantos besos en el desván.
Tantas noches, sin reproches;
Tanto silencio sin explotar.

Y a pesar de todo
Y a pesar del miedo
Sé que en mi alma
Te amo más y más.

YO TE SIGO AMANDO
QUIZÁS, MAS QUE AYER;
YO TE SIGO AMANDO
QUIZÁS CON MAS ILUSIÓN.
MI CORAZÓN
SE ILUMINA CON TU MIRAR
MI CORAZON
AUN VIBRA CON TU AMOR.
PORQUE TU
SIGUES SIENDO...MI GRAN AMOR.

15- TU ERES MI ÚNICO AMOR

Y**o**, solo, tengo **o**jos para **ti;**
S**o**lo, miro **a** través d**e** tu am**o**r.
Y**o**, solo, tengo **o**jos para **ti**
Solo, vivo y existo, en tu amor.

TU ERES
MI ÚNICO AMOR
EL MÁS GRANDE
Y BUEN AMOR
EL QUE ME HACE SUSPIRAR.
TU ERES
MI ÚNICO AMOR
EL MÁS FUERTE Y BELLO AMOR
EL QUE ME HACE SER MEJOR.

Y**o**, solo, tengo **o**jos para **ti;**
S**o**lo, suspiro para tener tu amor.
Y**o**, solo, tengo **o**jos para **ti**
Solo, existo en tu amor.

16- ME FALTAS COMO EL AIRE

ME FALTAS COMO EL AIRE
CADA MAÑANA AL DESPERTAR
PARA SENTIRME VIVO
PARA SENTIRME VERDAD.

Como el aire en mis pulmones
Ofreciéndome caridad
Llenándome de vida
Y libertad.

Como verso en la palabra
Poniendo ritmo y cantar;
Pintándome el tiempo
Y mi callar.

Como barco en el mar
Con las velas rotas y en soledad;
Ofreciéndome un horizonte
Y un navegar.

17- SI TU ESTAS CONMIGO

Si tú estás conmigo, a nadie temeré;
Contigo venceré, seré un vencedor.
Aunque camine en las tinieblas
Aunque me hunda en la tempestad
Aunque me abandonen, aunque me traicionen
No tendré miedo, no renunciaré
Porque tú... estás conmigo.

CONTIGO ESTOY SEGURO
CONTIGO SOY UN MURO
NADIE ME VENCERA

CONTIGO ESTOY COMPLETO
CONTIGO SOY UN RETO
NADIE ME DOBLEGARA
TU Y YO, SOMOS MAS.

Aunque el miedo me atormente
Aunque la muerte me aceche
Aunque me decepcionen, aunque me condicionen
No tendré miedo, no renunciaré
Porque tú... estás conmigo.

18- APRENDIENDO DE TI

Estoy aprendiendo a conocerte
A caminar junto a ti
Estoy aprendiendo a mirarte
A seguirte sin mentir.
¿Dónde has estado?
Que mi vida ha sido un fracaso.
¿Dónde has estado?
Que mi vida no ha tenido sentido.
Y hoy que te he encontrado
No quiero apartarme de ti.
Y hoy que estás a mi lado
Quiero ser alguien para ti.
¿Dime qué hacer?
No quiero volver al pasado.
¿Dime qué hacer?
No deseo ser de nuevo esclavo.
Quiero vivir junto a ti
Ser una luz en mí caminar
Quiero sonreír de felicidad
Ser libertad y poder amar.

19- A MI LADO

Hoy, me doy cuenta que
No he estado solo
Que he tenido tu compañía
Que has estado a mi lado
Como sombra, como guía.
Hoy, me doy cuenta que
No he vivido solo
Que en mis noches y mis días
Tú has estado junto a mí
Como verbo, como luz

Te agradezco tanto tu amor
Que mi alma solo quiere alabarte
Que mi espíritu solo vibra por tu voz
Que mi vida... solo respira por tu amor.
Te agradezco tanto tu amor
Que quisiera con fuerza alabarte
Que desea ser poema de tu amor
Que espero... no apartarme ni agradecerte

20- TE QUIERO

Te quiero más que todo
Por ser como tú eres
Te quiero porque has iluminado
El lado oscuro de mi vida
La parte más aburrida
Has vuelto mi lamento en alegría.

Te quiero más que todo
Por ser mí complemento
Te quiero porque has enamorado
Las faldas de mi historia
El eco de mi canto
Has ilusionado mi parco corazón

Y ES QUE TE QUIERO MAS QUE NADA
TE QUIERO CON LOCURA
TE QUIERO ENTRE SABANAS
Y ES QUE TE QUIERO
PORQUE NO FALTA NADA.

21- UNA LUZ

Hay una luz en mi horizonte,
Que me ayuda a caminar
Una luz en la oscuridad
Como faro en el mar.
Es una estrella, un diamante;
Es un lucero celestial.
Es un sol de medianoche,
Es una luna matinal.

ESA LUZ, ES VERDAD;
ESA LUZ, ES LIBERTAD
ESA LUZ, ES BONDAD;
ESA LUZ... ES JESUS
SIN ELLA, ESTOY PERDIDO; SIN ELLA, SOY NULIDAD
SIN ELLA, NO HAY SENTIDO; SIN ELLA... CAERÉ VENCIDO.

ESA LUZ, ME HACE SOÑAR
ESA LUZ, ME DA LIBERTAD
ESA LUZ, ME HACE LUCHAR
ESA LUZ... ES JESUS

22- A TUS PIES

¡Aquí estoy Señor! A tus pies
De rodillas por amor.
Deseando tu bendición
Esperando un poco de compasión.

¡Aquí estoy Señor! A tus pies
De rodillas pidiendo perdón.
Esperando tu misericordia
Ofreciéndote, mi dolor.

TÓCAME, CON TU MIRAR
QUIERO PROFUNDAMENTE
SENTIRME AMADO
QUIERO FIRMEMENTE
SENTIR TU AMOR.
CÚBREME, POR COMPLETO,
NECESITO DE TU AMOR
PARA SENTIRME VIVO
PARA PODER SEGUIR
NECESITO DE TU PERDON.

23-CULPABLE DE AMARTE TANTO

¡Soy culpable!
De haberte amado tanto
De bajarte la luna en primavera
De subirte al cielo por vez primera
De adorarte... sin darme cuenta.

¡Soy culpable!
De entregarte mi vida entera
De ofrecerte más allá de mi frontera
De albergarte en mi bandera
De abrirte... mis puerta y ventanas.

¡Y ahora estoy aquí!
Sudando amor del bueno,
Delirando en tus entrenos,
Añorando... tú silencio.

¡Y ahora estoy aquí!
Reteniendo tus recuerdos,
Amarrándome a tu infierno,
Suplicando... seas eterna.

¡Soy culpable!
De adorarte con locura
De aferrarme a tu cintura
De cubrirme... con tus deseos.

POEMARIO

5

NADIE COMO TÚ

2020

NADIE COMO TÚ

«Reconocer nuestro amor por alguien es, certificar que nuestro ser, está ligado a otra persona. Y esta relación nos debe impulsar a expresar todo el amor que se siente en el alma para ofrecer letras de esperanza, caridad y solidaridad. Nuestro corazón no puede quedarse callado, nuestro espíritu debe abrirse a la libertad de un amor y nuestra alma ofrecer su mejor versión para cantar alegre la emoción de ser parte de la felicidad.

Nadie debe ser como esa persona. Ni de cerca ni de lejos. Ese alguien nos tiene que invadir la razón, la pasión y la ilusión. Nos debe mover hacia el otro como un imán; como el cóncavo busca su convexo. Nuestra expresión debe estar pringada de belleza, de sutilidad y de armonía. Debe ofrecer las melodías que nos unen para llevarnos al infinito del amor».

INDICE

1- AL DESPERTAR

Cada mañana, al amanecer el nuevo día,
Doy gracias a la vida por despertar,
Por seguir de pie, por respirar...
Por ser de nuevo, vida.
Cada mañana, al amanecer el nuevo día,
Doy gracias a la vida por despertar,
Por mirar el sol, el atardecer...
Por ser de nuevo, ilusión.

DOY GRACIAS, POR CADA DESPERTAR
POR SEGUIR CON VIDA
SEGUIR SIENDO HERIDA
UNA MELODIA EN EL CAMINAR

DOY GRACIAS, AL AMANECER
POR SENTIR LA VIDA
OFRECER MI VIDA
EN UN DON DE AMOR.

DOY GRACIAS, CADA DÍA
POR SEGUIR DE PIE
OTRA OPORTUNIDAD
DE ACERCARME A DIOS.

2- DE PADRE A HIJO

¡Hijo mío!
Hoy quiero que me recuerdes
Quiero decirte unas palabras,
Palabras del alma ofrecidas por amor.
Quiero que sepas que eres un regalo de Dios
Que has nacido por amor; que eres un hijo de Dios,
Una promesa del amor.

¡Hijo mío!
Hoy quiero que me recuerdes
Como alguien agradecido del amor.
Quiero que pienses que siempre amé la vida
Que sientas que siempre fui de la partida.
Que he sido agradecido que he sido bendecido
Que soy una promesa de amor.

DE PADRE A HIJO
TE HABLO DE TODO CORAZÓN
DE PADRE A HIJO
QUIERO QUE SEAS UNA PERSONA DE BIEN.
NO DESPRECIES EL AMOR
SE ATENTO Y SERVICIAL.
AMA LA VIDA Y A TU PRÓJIMO
Y NUNCA, NIEGUES A DIOS.
NO TE MIENTAS,
SE VALIENTE, NO RENUNCIES
RECUERDA QUE HAS NACIDO GANADOR
NO CRITIQUES, PERDONA Y SI CAES
VUÉLVETE A LEVANTAR.
RECUERDA QUE NO ERES UNA BASURA
QUE ERES FRUTO DEL AMOR

AMADO POR DIOS Y TIENES MI BENDICION.
RECUERDA QUE NO ESTAS SOLO
QUE TIENES EL DON DE BRILLAR.
ERES UNA MARAVILLA POR LA GRACIA DE DIOS.
¡HIJO MIO!
EN TUS MANOS ESTA LA FELICIDAD.
SE LIBRE, Y LUCHA POR EL AMOR.
Y SERAS FELIZ.

3- RECUERDOS DEL ALMA

Mis recuerdos, son poemas del alma
Que me pinchan con el eco de tu voz.
Son recuerdos, son dilemas en llamas
Que se encienden por culpa de tu amor.

Mis recuerdos, son paradigmas del cielo
Mariposas buscando una flor.
Son recuerdos, melodías en celo
Que se enredan en los hilos de amor.

Caminantes siguiendo mis pasos,
Gritando fuerte mí nombre al azar;
Ciudadanos de tierras lejanas,
Mocedades del alma sin paz.

MIS RECUERDOS
HOY ME GRITAN TE QUIERO
HOY ME DICEN: TE QUIERO ALCANZAR
ME PREGUNTAN VERDADES OCULTAS
SOLEDADES QUE QUIERO OLVIDAR

MIS RECUERDOS
HOY ME CLAMAN AL AIRE
HOY ME LLAMAN SIN MIEDO AL CALLAR
ME INTERROGAN POR FUERA Y POR DENTRO
ME OBLIGAN A VER PARA ATRÁS.

SON RECUERDOS, ALELUYAS SAGRADAS
SON VERDADES QUE LLUEVEN DE AMOR
MARAVILLAS DE TESOROS AÑEJOS
PRISIONEROS DE AROMAS EN FLOR.

4- UN CORAZON ENAMORADO

Tengo un corazón que reboza de ilusión
Tengo un corazón enamorado
Tengo un corazón que destila devoción
Tengo un corazón ilusionado.
Es un corazón que pregona libertad
Un corazón radiando paz.
Es un corazón que emociona al escuchar
Un corazón pintando el mar.

¡QUE FELICIDAD!
ES SENTIRSE ENAMORADO
SABERSE CORRESPONDIDO.
¡QUE FELICIDAD!
ES ESTAR ENAMORADO
ES SABERSE BENDECIDO... POR EL AMOR.

Tengo un corazón que emana amistad
Un corazón solidario
Tengo un corazón que profesa fidelidad
Un corazón comprometido.

5- ALELUYA, AMEN

ALELUYA, AMEN, ALELUYA

Por el hombre que es verdad
Por aquel que lucha por la paz. Aleluya.

Por el hombre que se viste de piedad
Por aquel que es solidaridad. Aleluya.

Por el amor de Dios, aleluya
Por amarnos de verdad, aleluya.
Por enviarnos a Jesús, Aleluya.
Por su Espíritu. Aleluya.

Por el hombre de corazón
Por aquel que emana paz. Aleluya.

Por el hombre de convicción
Por el fiel al amor. Aleluya.

Por el amor de Dios, aleluya
Por amarnos de verdad, aleluya.
Por enviarnos a Jesús, Aleluya.
Por su espíritu. Aleluya.

6- TALVEZ

¡TALVEZ!
Si me abres tu corazón.
Si pones alas a mi alma.
Si quieres seguir mis pasos.
¡TALVEZ!
Si tu ventana está viendo la luna.
Si en la noche riego tus flores.
Si en la madrugada, puedo decirte ¡hola mi amor!

¡TALVEZ!
TU SIENTES
ALGO POR MÍ
TU QUIERES
CREER EN ESTE AMOR.
TÚ Y YO
SOMOS UNO EN EL AMOR.

¡TALVEZ!
No creas en mis palabras.
No acepte mis razones.
Pero escucha, mi corazón decirte: ¡mi amor!

7- UN MINUTO EN EL TIEMPO

Cuando el tiempo nos visita de romplón,
Cuando las horas nos martillan sin cesar,
Cuando el silencio se nos vuelve un sinfín,
Cuando la angustia nos ahorca el corazón.

UN MINUTO EN EL TIEMPO
SE VUELVE UNA TORTURA AL ESPERAR
Y VUELVO MIS OJOS
HACIA EL CIELO
Y RUEGO POR TU BIENESTAR.

UN MINUTO EN EL TIEMPO
SE VUELVE UN VACIO EN INMENSIDAD
Y VUELVO A SER
UNA PLEGARIA DE ANSIEDAD
UN POEMA DE LA VIDA
TRATANDO DE TOCAR A DIOS.

Cuando el tiempo nos avisa de algo más,
Cuando las horas se sientan a esperar,
Cuando mis labios no dejan de apretar,
Cuando mis ojos se llenan de emoción.

8- NADIE COMO TÚ

Nadie me conoce mejor que tú
Conoce mis lunas, mis noches y forma de amar.
Mis días tristes, mis debilidades y mi dolor.
Nadie mejor que tú me sabe entender
El grito del deseo de mi cuerpo ardiendo,
La canción de mi alma buscando tu boca.

NADIE,
JAMÁS, SERA COMO TÚ.
CON ESA PASIÓN A FLOR DE PIEL
RESPONDIENDO A MÍ DESEO.

NADIE,
PODRIA AMARME TANTO.
PARA OLVIDARSE DE SI MISMA
Y ENTREGARSE POR COMPLETO.

NADIE
SIENTO QUE ME AMA, COMO TU.

Nadie, como tú, llena tanto mi amor.
Tanto que no quiero a nadie más.
Porque contigo lo tengo todo... en el amor.

9- SIN TU AMOR

Sin tu amor mi vida se vuelve sin color.
Sin tu amor mis sueños caen sin calor.
El color se vuelve gris,
El calor, no calienta más
Y vago en la soledad.

Sin tu amor mi vida se calla el dolor.
Sin tu amor mis pasos dejan de pisar.
El dolor se vuelve insoportable,
Mis pasos, son huellas en la nada
Y caigo en desesperación.

Y ES QUE TU AMOR
FLORECE CADA MAÑANA
Y EN MI VENTANA EL SOL ALUMBRA MÁS.
Y ES QUE TU AMOR
DESPIERTA MI SILENCIO
ABRIENDO LAS PUERTAS DE MI ALMA.

Sin tu amor mi vida carece pasión.
Sin tu amor mi corazón deja de cantar.
La pasión se vuelve desilusión,
Mi corazón, pinta en negro
Y siento ganas de llorar.

10- COMO QUIERES QUE NO TE AME

Dime como quieres que no te ame
Si me has dado como regalo la vida.
Dime como quieres que no te ame
Si contigo lo tengo todo, no me falta nada.

ESTOY COMPLETO
PORQUE CONTIGO... SOY FELIZ
ME SIENTO ETERNO
VIVIENDO... EN PLENITUD
PORQUE TU ERES... MI RAZÓN DE SER
PORQUE TU ERES... MI LUZ, MI SOL
TU ERES_... MI BENDICION.

Dime como quieres que no te ame
Si me entregaste tu amor como regalo.
Dime como quieres que no te ame
si me ofreciste como premio, la vida eterna.

11- MI ÚNICA LUZ

¿A dónde voy a ir sin ti? ¡No sé!
Dímelo tú, ¿a dónde ir, sin ti?
Me encuentro en la encrucijada
de no saber ¿qué hacer?
Me veo en la parada
de una estación vacía.

Por favor, dime tú, ¿a dónde ir?
Tú eres mi sendero,
Mi única luz.
Tú eres mi camino,
Mi destino hacia el amor.

Por favor, dime tú, ¿a dónde ir?
Tú eres mi morada,
Mi duce comunión.
Tú eres mi frazada
En noches de tempestad.

12- EN EL MAR

Aquí en el mar de mi, soledad
Mirando las olas besando la playa
Intentando borrar, tus recuerdos.
Aquí en el mar en la arena, de mi, intimidad
Suspirando profundo queriendo retener
Tu imagen, en lo callado, de mi verdad.

JUNTO AL MAR
DESAHOGANDO TUS BESOS, EN CADA OLA.
JUNTO AL MAR
MATIZANDO MIS LÁGRIMAS EN LA ARENA.
AQUÍ EN EL MAR, TUS RECUERDOS,
SE LOS LLEVA EL MAR.

Aquí en el mar en la playa, de mi, recuerdo
bajo las palmeras dibujando tu nombre
Para que las olas, me ayuden a olvidar.

13- SIGO PENANDO

Te quise, tanto
Que aún sigo enamorado
Y en las sombras de mi alma
Siguen brillando las luces de tus ojos.
Te quise, tanto
Que aún sigo ilusionado
Y en el jardín de mis recuerdos
sigo arrancando pétalos de tus flores.

Te quise, como nadie te ha querido
Y te entregué las llaves de mi corazón.
Y te ofrecí las alas de mis versos
Y te amé, sin poner ningún pretexto.

Te amé, como nadie te ha amado.
Y te envolví en la locura de mi oración.
Y te vestí con la luna de mis ojos
Y me dormí en la pasión de tus encantos.

Te quise, tanto
Que me duele hasta el recuerdo.
Y en la historia de mis amores
Sigo penando, por el valle de tu cuerpo.

14- AMANTES DE NOCHE

Cada vez que estoy contigo
el tiempo es mi testigo
que te entregas sin fronteras
que me ofreces tu libertad.

Cada vez que estoy contigo
el deseo es nuestro amigo
Y te fundes en mi cuerpo
Desembarcando en mi puerto.

SOMOS AMANTES DE LA NOCHE
Y GOZAMOS DE NUESTRO AMOR
SOMOS AMANTES SIN REPROCHES
NOS ENTREGAMOS COMO LA PRIMERA VEZ.

QUIERO ESTAR AMANDOTE CADA NOCHE
SIN MIEDOS AL AMANECER.
QUIERO ESTAR AMANDOTE CADA NOCHE
SIN PENSAR EN EL AMANECER.

15- AMANDONOS

Su voz está en mi cuerpo,
Su verso en mi piel,
Se baña en mi locura,
Cuando hacemos el amor.

Sus manos me atormentan,
Su beso se vuelve sed,
Me ahogo en su delirio
Al escuchar pidiendo más.

ME ATRAPA EN LA MAREA
QUE RODEA MI CALLAR,
ME VUELVE SU ODISEA
UN VERSO EN ALTA MAR.
ME SUBE HASTA LAS NUBES,
SOY VIENTO EN EL PLACER,
ME TIENTA LA CEREZA
QUE NACE EN SU PIEL.

No quiero que amanezca
Prefiero ser ayer
Vivir en tu locura
Amarte hasta morir.

Mi voz se vuelve lirio
Mi carne tempestad
Soy llama en tus manos
Soy fuego en tu placer.

16- ASÍ ESTOY YO

¡Así voy yo!
Descubriéndote en mi locura
Anidando recuerdos a cada paso.
¡Así estoy yo!
Empapado en tu hermosura
Suplicando a tus besos ser mi aventura.

Y EN MI CAMINAR
RESPIRO DE TU AMOR.
Y EN MI DESPERTA
TU SOL ME ALUMBRA MAS.

¡Así voy yo!
Renaciendo en cada recuerdo
Olvidándome como sombra en tu cama.
¡Así estoy yo!
Ilusionado en carne y alma
Volando dichoso por tu cuerpo.

Y EN MI CAMINAR
NAVEGO EN TU MAR
Y EN MI SOLEDAD
ME MUERO EN TU MIRAR.

17- AMARTE HASTA AMANECER

Me gustaría amarte sin miedos,
Sin pasado ni futuro;
Me guatearía hacerte mía sin fronteras,
Sin paredes ni caminos;
Me gustaría ser tuyo para siempre,
En tu mente y en tu vientre.
Pintarte mañanitas en otoño,
Florecer de reojo en tu antojo,
Caminar de puntillas en la noche,
Callar en el centro de tu broche.
Seguirte de cerca la mirada,
Llamarte cuando menos lo esperabas,
Brindar en el vaso de tu boca,
Musitar locuras en remojo.
Me gustaría amarte sin complejos,
Sin reflejos ni consejos;
Me gustaría conocerte la malicia,
El pecado y el candado;
Soplarte la llama de tu cama,
Animarte el verbo escondido,
Conquistarte la sonrisa que me has prometido.
Iluminarte la mirada al mirarme,
Sofocarte el tiempo que nos resta,
Mutilar las ganas de adorarte,
Alcanzarte cuando subes al amarme.

18- QUERIENDO OLVIDARTE

Y te quise olvidar pero se me acabo el tiempo.
Recordando nuestros momentos felices;
Apaciguando las aguas que nadamos juntos,
Sumergiendo en el pozo de nuestras estrellas.

Y te quise olvidar tratando de renunciar al verso.
Que adornaba en el brillo de tus ojos,
Que musitaba en el reflejo de tu cara,
Adornaba cuando me decías que me amabas.

Y te quise olvidar olvidándome en el silencio
Pero llovía tu sonrisa de madrugada,
Florecía la luna de tu almohada,
Brotaba la tonada que tu cuerpo emanaba.

Y te quise olvidar pero me quedé sin nada.
Sin el horizonte del mar de tus besos,
Sin la luz del cerro de mi cuarto,
Sin el ocaso que adornaba mi posada.

Y cuando pensé en olvidarte
Me acordé que ya era tarde
Porque eras parte de mi arte
Un verso en la carne de alma.

19- QUERIENDO VOLVER A VERTE

¡Y aquí estoy otra vez!
Queriendo ser poema en tu corazón,
Musitando en el silencio tú nombre,
Escribiendo en las nubes tu canción.

¡Y aquí estoy otra vez!
Queriendo estar contigo en la distancia,
Llamándote a gritos por dentro,
Marcándote sin tener correspondencia.

¡Y aquí estoy otra vez!
Apagando las luces de tu alcoba,
Tomando el último tren de la noche,
Callando la nostalgia con tu foto.

¡Y aquí estoy otra vez!
Rogando al tiempo vuelva atrás,
Desperdigando granos de esperanza,
Buscando soles de media noche.

¡Y aquí estoy otra vez!
Perdido en el beso de tu adiós,
Ardiendo en pleno madrugada,
Muriendo en mi deseo por mirarte.

¡Y aquí estoy otra vez!
Queriendo ser presente en mi mente,
Cerrando las puertas del olvido,
Confiscando el motivo para llorar.

20- PRESO

¡Hoy estuve preso!
El tiempo me tendió una trampa,
Me amarró a un recuerdo absurdo,
Me puso en el equilibrio de una balanza,
Me amarró a un susurro.
Me encerró entre paredes mojadas,
Entre esperanzas y hadas;
En la ventana entraba el alba
Que me sonrojaba la mirada.
Sentí frío de tu ausencia,
Sentí miedo al olvido,
Perdí el sentido de la paciencia,
Lloré como un siervo herido.

¡Hoy estuve preso!
Y las cadenas se volvieron espejos,
Mi traje un simple azulejo,
Mi cama un pedazo de retrato
y en el plato, un beso travieso.
Me visitó la tarde sin horizonte,
Me dijo que le hacía falta allá en el monte,
Me habló de la luna en el potrero,
Me dejó como letrero, un jilguero.

¡Hoy estuve preso!
Pero me liberó mi amor.

21- AL DECIRTE QUE TE AMO

Cuando te dije: Te amo.
Te entregué el corazón.
Te di mi amor, te di mi ser
y te entregué toda mi alma.
Y el ayer se esfumó,
Nos dijo adiós;
El mañana se llamó: tú.
Y el presente se volvió: tú.
No hay nadie más, ni lo habrá.
Todo mi mundo se llamó: tú.
No quiero más, no deseo más.
Contigo tengo hasta el final.

Cuando te dije: Te amo.
¡Quiero contigo caminar!
Te di mis alas, todas mis llaves
Y hasta la luna en la ventana.
Me puse a la par, dejé de ser yo.
Te comencé admirar
Y me convertí a tu amor.
Te di una flor, te mi calor
Y juntos alcanzamos el cielo.
Mi caridad se llama: tú.
En mi intimidad, solo estás... tú.

22- AMARTE, DESPUÉS DE AMARTE.

Amarte, después de amarte.
Es ofrecerte mi alma;
Es navegar en el quizás,
Es disfrutar despierto.
Es caminar descalzo,
Es despertar sin miedo,
Es no sé qué y no lo sé
Solo puedo decir que te amo.

Amarte, después de amarte.
Es ofrecerte un deseo
Donde seamos un lucero;
Donde anidemos los besos
Y en cada rezo, un te quiero.
Es apagar el verbo ser,
Es conjugar una vez más,
Es abrazarnos sin tiempo;
Solos tú y yo,
Sin mundo, sin gente,
Sin más palabras que nuestro amor.

23- EN VELA POR TU AMOR

Siento que mi corazón está ardiendo
Que mi cuerpo tiembla al pensarte
Siento que mi existir vuela alto
Que mi alma sube al infinito

Estoy en vela por tu amor
Queriendo ser, tu amor
Estoy en vela por tu amor
Deseando ser tú complemento.

Que mi cuerpo sea tu cuerpo
Que mis manos sean tus manos
Que mi corazón sea tu corazón
Que mi vida sea tu vida
Que mi alma sea tu alma
Que mi amor sea tu amor

Es mi deseo amarte tanto
Es mi deseo seamos un solo amor.

24- AMARTE EN LIBERTAD

Si tú quieres que te ame
Como yo suelo amar
Abre grande el corazón
Y déjame entrar.

Si tú quieres que te ame
De principio al final
No te niegues a mi amor
Y hazte comunión

AMARTE EN LIBERTAD
ES DEJAR TU CORAZON ENTRE MIS MANOS.
SIN MIEDOS, SIN OBLIGACIÓN
SIN TRAMPAS_... TODO POR AMOR.
AMARTE EN LIBERTAD
ES DEJAR TU CORAZON/ A MI DISPOSICION.
SIN CELOS, SIN COMPLEJOS
SIN MOTIVOS... TODO POR AMOR.

25- TE HE ENTREGADO TODO

¡Qué esperas de mí!
Si te he dado todo,
Te he dado mi vida sin condición.
¡Qué esperas de mí!
Si has tenido todo,
Desde el principio hasta el final.

POR TI
ME ENTREGADO ENTERO
TE HE DADO MI CIELO Y MI LIBERTAD.

POR TI
HE DEJADO EL MUNDO
HAS SIDO MI MUNDO Y MI CORAZON.

EN TI
HE PUESTO MI VIDA
SIN DEJAR SALIDA NI CONVICCION.

A TI
ME HE CONSAGRADO
TE HE ADULADO Y HE SIDO FIEL.

POEMARIO

6

UN PEDACITO DE CIELO

2020

UN PEDACITO DE CIELO

«He querido tocar con mis poemas un pedacito de cielo para alimentar el ego de mi alma queriendo ser, una expresión de amor. Beber del elixir de un romance amaneciendo libre en las manos de una flor. Respirando tranquilidad en el verso de una ilusión que ofrece el cantar de una canción. Tocar el cielo en una relación es ser, bendecido por Dios a través del amor.

En algún momento de nuestra vida, hemos tocado el cielo en los besos de un amor. Hemos escrito alabanzas después de haber hecho el amor. Hemos sido ecos de ilusión escapando por el hueco de un corazón. Hemos amanecido amarrados al conflicto de no querer despertar. Hemos sido palabra, a punto de llorar y al final, nos hemos conformado con seguir siendo tierra besando el mar».

INDICE

1- UN PEDACITO DE CIELO

Me basta con tener cerca
Para tener, un pedacito de cielo.
Me basta sentirte cerca
Para tener, un pedacito de cielo.
Mi vida, sin ti no existía;
Era vacía en su esencia.
Mi vida, sin ti no valía;
Era la cofradía de una ausencia.

Me basta oír tus pasos
Para tener, un pedacito de cielo.
Me basta oler tu aroma.
Para tener, un pedacito de cielo.
Mi vida, sin ti era hueca;
Era presa de una rutina.
Mi vida, sin ti no era perfecta;
Era la ofrenda de una retina.

DESDE QUE LLEGASTE,
DESDE QUE ME AMASTE
MI MUNDO CAMBIÓ...PARA BIEN.
DESDE QUE ME VISTE,
DESDE QUE EXISTES
MI MUNDO SE VOLVIÓ...
UN PEDACITO DE CIELO.

2- CON OLOR A TI

Hoy, mi música huele a ti;
mi canto sabe a ti
Mi tiempo es tu tiempo, mi voz se vuelve amor.
Hoy, mi mundo cala en ti,
mi alma vuela a ti.
Mis ganas son campanas que suenan en tu honor.

Hoy, mi ritmo sabe a ti
Mi verso sabe a ti
Mi silencio es tu silencio, mi palabra tú callar.
Hoy, mi cuerpo huele a ti
Mi llanto sabe a ti.
Mi historia es tu historia, mi diario es escapulario.

TODO, ABSOLUTAMENTE, TODO
ESTA IMPREGNADO DE TU AMOR.
TODO, ABSOLUTAMENTE, TODO
TIENE EL SELLO DE TU AMOR.
NADA PASA POR OTRO CAMINO
MI DESTINO SIGUE A TU VOZ.
NADA PASA POR OTRO CARIÑO
MI GUIÑO, SOLO, ES PARA TI.

Hoy, me siento con olor a ti...

3- MORIR EN TU AMOR

Quiero tenerte conmigo
No de dientes a los labios
Quiero sentirme tu abrigo
A cada hora y a diario.
Quiero tenerte muy cerca
Sentir tu cuerpo presente.
Quiero quedarme despierto
Con lucidez y consciente.

QUIERO MORIR EN TU AMOR
Y RENACER EN TU CALLAR.
QUIERO CALZAR EN TU LUZ
Y CAMINAR EN TU VERDAD.
QUIERO MORIR EN TU AMOR
Y VOLVERME UN DESPUÉS.
QUIERO CALAR EN TU MAR
Y SER PERFUME DE AMOR.

Quiero sentirme profeta
En tu tierra prometida.
Quiero sentirme cometa
Y aparecer en tu vida.
Quiero cállame despacio.
Como palabra indecente
Quiero volverme tu espacio
Y seguir siendo presente.

4-EN EL PARQUE

Te conocí una tarde
Mientras leías en el parque.
El viento, murmuraba ilusiones;
El tiempo, acariciaba mis canciones.
Y yo, me moría por conocerte.
Me quedé, mirándote, desde mi distancia;
Disfrutándote, en mi fragancia.
Me sentí, atraído, por tu prestancia;
Me imaginé, correspondido, en mi arrogancia.
Una fugaz mirada, me alcanzó;
Me abrazó en mi interior.
Me dijo: hola, me reconoció.
Después de un tiempo, mi castillo se derrumbó.
Llegó a tu lado, lo inesperado;
Se sentó al costado y te besó.
Me quedé esperando, sin esperar;
Me mordió el silencio en mi callar,
Me cayó de frente una verdad.
Me levanté sin voltear a ver,
Me deslicé entre un verso y el atardecer.
Y a la vuelta de la esquina,
Como abriendo una cortina,
Apareciste frente a mí
Y me dijiste, te vas sin decir adiós.
Y en ese momento, nació nuestro amor.

5- UN AMOR DE DIOS

Si yo soy, el silencio; tú eres, la palabra;
Si yo soy, la caricia; tú eres, la fragancia.
Somos diferentes y sin embargo,
En el presente, somos... un universo.
Somos lo opuesto y sin embargo,
En lo importarte, somos... indispensables.

Si yo soy, el día; tú eres, la madrugada;
Si yo soy, la almohada; tú eres, mi morada.
Somos desiguales y sin embargo,
En lo consciente, somos... una sinfonía.
Somos lo contrario y sin embargo,
En lo diario, somos... una melodía.

A PESAR DE TODO, A PESAR DEL MODO;
ES EL AMOR QUIEN PONE TODO.
A PESAR DE TODO, A PESAR DEL MODO;
ES EL AMOR, QUIEN MANDA, ENTRE LOS DOS.
UNA AMOR DESIGUAL
UN AMOR DIFERENTE
SOLO, PUEDE SER, UNIDO; POR EL AMOR DE DIOS.
UN AMOR CASUAL,
UN AMOR PRESENTE
SOLO, PUEDE SER, UNIDO; POR EL AMOR DE DIOS.

6- Y SIGO ENAMORADO

Antes de conocerte, me enamoré de ti.
Antes de ser tu amigo, me enamoré de ti.
Antes de abrir mi puerta, me enamoré de ti
Y hoy, sigo enamorado
Como la primera vez.
Y hoy, sigo enamorado
Como un chiquillo en su primer amor.
Y hoy, sigo enamorado
Sin mirar atrás.
Y hoy, sigo enamorado
Como un bohemio de su primera canción.

Antes de decir tu nombre, me enamoré de ti.
Antes de ser pronombre, me enamoré de ti.
Antes de amarte, me enamoré de ti
Y hoy, sigo enamorado
Volando al revés.
Y hoy, sigo enamorado
Como un soldado en su primer amor.
Y hoy, sigo enamorado
Completo y sin final.
Y hoy, sigo enamorado
Queriendo ser verdad siempre en tu corazón.

7- EN EL SILENCIO

Adoro estar en el silencio
Porque me encuentro en libertad,
Me nace ser verdad,
Me busco y me encuentro sin maldad.

Adoro estar en el silencio
Porque respiro la existencia,
Vuelo en la presencia del amor,
Y renazco, queriendo ser humanidad.

Adoro estar en el silencio
Porque me encuentro frente a ti,
Me veo y me reconozco,
Soy la nota que deseo cantar.

Adoro estar en el silencio
Porque escucho sin tanta interrupción,
Me vuelvo eco
Del poema que quiere Dios escuchar.

Adoro estar en el silencio
Porque me encuentro al descubierto,
Se me caen las caretas
Y en un cometa, abro mis alas al amor.

8- MI GENTE

¿Dónde está mi gente?
Esa gente que no es indiferente a mi corazón.
¿Dónde está mi gente?
Esa gente que le pone ambiente a mí caminar.
Esa linda gente
Tan indulgente que me enseñó a olvidar.
Esa es mi gente
Que ofrece todo sin esperar.

HOY LE CANTO A MI GENTE
MI CANTO AMABLE,
QUE ES UNA OFRENDA POR TANTO AMOR.
HOY LE CANTO A MI GENTE
MI SENTIMIENTO
QUE ES UN MONUMENTO A SU AMISTAD.

¿Dónde está mi gente?
Esa gente que vale mucho en mi corazón.
¿Dónde está mi gente?
Esa gente que es la historia de mí existir.
Esa linda gente
Tan buena gente que me niego a olvidar.
Esa es mi gente
Que en mi presente es una bondad

9- ESCLAVO DE TU AMOR

De tu cuerpo de diosa,
De tus manos de rosa,
De tu piel de canela,
Me siento esclavo, estoy en vela.
De tus labios divinos,
De tus ojos de ensueños,
De tu voz que me domina
Me siento esclavo, estoy en fila.

Y NO ME IMPORTA EL QUE DIRAN
SI MI AMOR ES CORRESPONDIDO;
Y NO ME IMPORTA EL HURACAN
QUE PROVOQUE MI AMOR EN VILO.
YO SOY EL ESCLAVO
DE UN AMOR DIVINO
YO SOY EL ESCLAVO
DE UN AMOR DISTINTO.

De tu modo de amarme,
De tu forma de enfrentarme,
De tu tiempo en pedazos,
Me siento esclavo, estoy en retazos.
De tu beso en un rezo,
De tu abrazo en mi abrazo,
De amor en la cama,
Me siento esclavo, estoy en llamas.

10- NO QUIERO OLVIDARTE

No he aprendido a olvidarte
Ni mucho menos a prescindir de ti...
De tus besos, de tu boca,
Del sabor de tu sentir.
De tus manos, de tus senos,
Del calor de tu amor.

No he aprendido a olvidarte
Ni tan siquiera, estar sin ti...
De tu tiempo, de tu verso,
Del carmín de tu locura.
De tu cuerpo, de tu torso,
Del pecado de tu hermosura.

Y NO DESEO, OLVIDARTE
NI MUCHO MENOS APARTARTE DE MI SER.
Y NO PRETENDO, RECUPERARTE
QUIZÁS, TAN SOLO, SER PARTE DE TU SER.

No he aprendido a olvidarte
Ni mucho menos a prescindir de ti...
De tus huellas en mi cuerpo,
De tu piel, rozándome;
De tu cielo en mi puerto
Y este amor, ahogándose.

11- TUS PALABRAS

En mi silencio,
Tus palabras se iluminan
Como estrellas, en noches negras;
Como luciérnagas, ofreciendo esperanzas.
Tus palabras son melodías
Que enamoran mi sentimiento;
Tus palabras son poesía
Que aromatizan mi universo.

En mi camino,
Tus palabras son dulce compañía.
Como un amigo que, está a mi lado sin decir nada;
Como un testigo, en madrugada.
Tus palabras, son promesas
Que, en la mesa se hacen cena;
Tus palabras son sinceras
Y en mi alma nacen eternas.

En mi desierto,
Tus palabras son el arma de batalla.
Como un soldado que, defiende a muerte;
Como un apóstol, siguiendo el verbo.
Tus palabras, son mi alimento
Que en mi silencio se vuelven beso;
Tus palabras, son tus caricias
Cuando la tarde me huele a entierro.

12- MI DESEO ES AMAR

Yo quiero amar
Con todas las fuerzas de mi corazón.
Yo quiero volar entre las notas de una ilusión.
Quiero ser verbo para conjugar mis besos;
Quiero ser tiempo y, en el entretiempo, robar un verso.
Quiero ser mar, ser tan inmenso como el verbo amar.
Quiero ser sol para iluminar las estrellas de un cielo.

MI DESEO ES AMAR,
AMAR EN LIBERTAD;
MI DESEO ES AMAR,
AMAR HASTA EL FINAL.
PODER LLEGAR A LAS ESTRELLAS
Y ENTRE SUSPIROS TEJER UN VALS.
PODER ALCANZAR UN HORIZONTE
Y HACER UN PUENTE HASTA EL AMOR.

Yo quiero amar
Con todas las fuerzas que me da el amor.
Yo quiero ser, un barco para navegar en tu dirección.
Quiero ser, un verso y anidar en tu ilusión;
Quiero ser, agua bendita para saciar tu religión.
Quiero ser, monedita para agradar tu decisión.
Quiero ser, yerbabuena y renacer en tu caminar.

13- AL QUERERTE COO TE QUIERO

Como te quiero
Siento que muero
al estar lejos de tu corazón.
Como te quiero
Siento que vuelo
Cuando me miras con ilusión.
Tus palabras, vuelan libres,
Son poemas, en mi corazón.
Tu mirada es alborada
Que ilumina mi caminar.

Como te quiero
Yo te deseo
Te vuelves vida en mi soledad.
Como te quiero
Soy un lucero
Que esta clavado en tu ventana.
Tu sonrisa es la brisa
Que refresca mi ilusión.
Tu malicia es la caricia
Que alimenta mi despertar.

14- ACEPTACION

Me cuesta tanto aceptar
Que ya no estás.
Que mi vida, sin ti;
Llegó a su fin.

Me cuesta tanto aceptar
Que no soy parte de ti.
Que nuestros caminos
Tomaron diferentes destinos.

Dime: ¿Cómo debo hacer?
Para poder aceptar esta desilusión.
Dime: ¿Cómo debo llenar?
El vacío que dejas en mi corazón.

Es casi imposible
Aceptar esta verdad.
Es indescriptible
El dolor en mi corazón.

¡Te he querido tanto!
Te entregado todo.
¡Te he amado tanto!
Y hoy, me he quedado, solo.

15- RECUERDOS

Recuerdos que brotan en mi mente,
Son palomas mensajeras
Que me acercan a ti.
Recuerdos que flotan en mi mente
Son burbujas de pasiones
Que florecen de mi ayer.

RECUERDOS
BELLOS LUCEROS
QUE CADA NOCHE BRILLAS EN TU COMPAS.
RECUERDOS
BESOS SINCEROS
QUE SON POEMAS EN MÍ RECORDAR.
RECUERDOS
PALOMAS BLANCAS
QUE VUELAN LIBRES TRAYENDO AMOR.

Recuerdos que nacen eternos
Que en mi silencio
Saco a secar.
Recuerdos que me endulzan
El sentimiento
Y en un momento, me hacen soñar.

16- APRENDIENDO A SOÑAR

He aprendido a soñar
Escuchando a mi abuelo
Hilvanar historias sin tiempo,
Musitar poemas en el viento,
Cabalgar lunas llenas en el silencio.

He aprendido a soñar
Mirando a mi padre, un maestro;
Enseñar a caminar a un analfabeto,
Poner alas a un inquieto,
Mostrar el horizonte a un soneto.

He aprendido a soñar
Amando a mi madre en el silencio,
Viéndola en el hogar por completo,
Ayudando a los suyos sin lamento,
Prodigando amor como un verso.

He aprendido a soñar
Creciendo con gente que me ama,
Con hermanos tomados de la mano,
Con amigos al descubierto,
Con amores sencillos sin lamentos.

17- NUNCA TE OLVIDARE

¿Cómo, te voy a olvidar?
¿Cómo, pretendes que te borre de mí?
Si, estás en mí;
Estás, aquí... justo, en mi corazón.

¿Cómo, te voy a olvidar?
¿Cómo, quieres que elimine tu amor?
Si, es verdad;
Estás, aquí... en mi soledad.

NUNCA, NUNCA TE VOY A OLVIDAR.
NUNCA, NUNCA TE VOY A ENTERRAR
PORQUE ERES, VIDA;
PORQUE ERES, SUSTENTO;
ERES, MI COMPAÑÍA.
PORQUE ERES, HAMBRE;
PORQUE ERES, BESO;
ERES, MI COMPLEMENTO.

¿Cómo, te voy a olvidar?
¡Tal vez, tú puedas hacerlo al fin!
Seguro no, estoy en ti;
Pero tú, en mi... justo, en mi corazón.

18- CUANDO ESTAS CONMIGO

¡Cuando estás, conmigo!
El mundo se apaga,
Se vuelve chiquito,
Como un lucerito, en la madrugada.

¡Cuando estás, conmigo!
Nada me interesa,
Nada me entretiene,
Solo me conviene, lo que hay en tu mesa.

PORQUE TU, ME LLENAS,
DE PIES A CABEZA;
PORQUE TU, ME OFRECES
LO QUE EN MI FLORECE.

CUANDO ESTAS, CONMIGO;
DEJO, DE SER TU AMIGO
SOY, EL BESO INQUIETO...EN TU UNIVERSO.

CUANDO ESTAS, CONMIGO.
VUELVO A SER, ABRIGO.
SOY, ESE POEMA... EN TU PRIMAVERA.

¡Cuando estás, conmigo!
La noche es eterna,
El silencio amigo,
Del mejor testigo cuando tú me besas.

19- ERES UNA BENDICION

Cuando llegaste a mi vida,
Yo iba, ya de salida,
Había renunciado, al amor.

Cuando llegaste a mi vida,
Había perdido mi fantasía,
No había rastros de ilusión.

HAS SIDO UNA BENDICION
DESDE TU LLEGADA,
DESDE TU MIRADA
DESPERTASTE, EN MÍ, EL CORAZON.

HAS SIDO UNA BENDICION
UN VERSO DE PRIMAVERA,
UNA HISTORIA SIN FRONTERA,
ABRISTE MIS ALAS, AL AMOR.

Cuando llegaste a mi vida,
Todo estaba perdido,
No había camino, luz ni pasión.

Cuando llegaste a mi vida,
No era más que perfidia
Un corazón en rendición.

20- QUEMANDOME LA PIEL

Como brasa ardiente,
Como sol caliente,
Tus besos me queman la piel,
Tus caricias son llamas de amor.

Como un hierro en llama,
Como algo que llama,
Las noches se enciende de pasión;
Mi cama se ha vuelto una erupción.

ME ESTOY QUEMANDO
DE IMPACIENCIA POR TENERTE;
ME ESTOY CONSUMIENDO
A FUEGO LENTO POR TU AMOR.
ME ESTOY QUEMANDO
LOCAMENTE POR AMARTE;
POR AMARTE
ME HE VUELTO, ILUSION.

Como en un desierto,
Como libro abierto,
Tu nombre se ha vuelto un sol,
Tu espacio en mi espacio, girasol.

21- ES TUYO MI AMOR

No pretendas decir
Que no te amé
Si mi amor por ti
Ha sido sin final.
No mientas, sin más,
Acepta la verdad,
Mi corazón, solo, ha sido para ti.

No pretendas callar
Un amor celestial
Que te bañó de amor
De paz y de amistad.
No quieras mentir
Con algo especial
Yo te he amado sin parar
Desde que te conocí.

Y AHORA ME DICES TU
QUE TE DEBO MAS
SI ES TUYO MI CORAZON,
MI ALMA Y MI SER.
QUE MÁS TE PUEDO DAR
SI TIENES MI AMOR
YO ME ENTREGUE A TI
EN FORMA TOTAL
PARA LA ETERNIDAD.

22- HABLANDO DE COSAS

Hoy, quiero hablar
Del amor que siente mi corazón
La pasión por el color
Lo dulce de un mirar
El vuelo del gorrión
La voz de un amanecer.

Hoy, quiero decir
Que me siento feliz de vivir
De ser parte de la humanidad
De compartir, el verso y el cantar,
Las notas de un poema del amor.

Hoy, estoy aquí
Respirando libertad,
Musitando amistad,
Queriendo conquistar
El vuelo de un quizás,
La noche sin disfraz,
Un beso que se queda en el altar.

Hoy, quiero hablar
De lo simple en el andar,
Una taza de café en el desván,
Un te quiero sin pensar,
Y un adiós, del que se va.

23- UN AMOR INCOMPARABLE

Nada, se puede comparar;
Entre tu amor y mi amor;
Nada, es igual...
Nada, es más importante.
Nada, se puede igualar;
Porque nuestro amor, es más que la verdad:
Es inmenso, inmensurable... es una bendición.

ASÍ ES NUESTRO AMOR
GRANDE, GRANDE E INCOMPARABLE.
ASÍ ES NUESTRO AMOR
GRANDE, GRANDE E IRREPETIBLE.
TAN GRANDE QUE, NO CABE
EN NUESTRO CORAZÓN.
TEN GRANDE QUE, SE VUELVE,
UN POEMA DEL AMOR.
ASÍ ES NUESTRO AMOR
GRANDE, GRANDE E INIMAGINABLE.
COMO SÓLO PUEDE SER
UNA EXRESIÓN DE DIOS.

Nada, se puede comparar
Al amor que hay entre tú y yo;
Porque nada, nada, es comparable.
Nada, es más importante.

24- UN TREN BONITO

Me subiste en el tren de la ilusión
Y me dejaste en la cúspide
De mi egoísmo;
Sin nada, sin nadie, llorando desilusión.
Me subí en un tren bonito,
Hermoso, piadoso
Y me tiré a dormir...
Y me dejé morir... en tu amor.

EL AMOR, ES MAS QUE UNA COMPAÑÍA,
ES MÁS QUE UN, SIMPLE, COMPARTIR...
ES VIAJAR, COMPARTIENDO TODO:
LAS PENAS Y LAS ALEGRIAS.
ES VIAJAR, OFRECIENDO TODO:
EL TIEMPO, TU VIDA Y TU MELODIA.

Me subiste en el tren de la pasión
Y me dejaste en el pico
de mi arrogancia;
Sin nada, sin nadie, llorando desilusión.
Me subí en un tren bonito,
Hermoso, piadoso
Y me tiré a dormir...
Y me dejé morir... en tu amor.

25- ¿QUIEN TE AMARA?

¿Quién?
¿Quién te amará?
Tan intenso, como yo...
Que te ofrece todo,
Que te ha dado todo,
Que está dispuesto a morir por ti.
Que ama tanto,
Que adora un mundo
Que vive solamente para serte feliz.

¿Quién?
¿Quién te consentirá?
Como la niña de sus ojos,
Como el cristal de su alma,
Como el tesoro de su corazón.
Como un cielo,
Como un verbo,
Como el beso, tan intenso, que, solamente,...
puede darlo, Dios.

DIME ¿QUIEN?
QUIEN TE AMAR CON LOCURA
COMO TE AMO, YO.
DIME ¿QUIEN?
QUIEN TE SEGUIRÁ, POR MAR Y CIELO
COMO TE SIGO, YO.

POEMARIO

7

A TRAVÉS DEL TIEMPO

2020

A TRAVÉS DEL TIEMPO

«A través del tiempo he querido manifestar cada expresión de mi corazón, cada verso de mi alma y cada oración de mí existir. He aprendido a ser palabra a través de mis ojos y mirar el mundo con la mirada de un antojo. He pintado mis tardes con el rubí del tiempo que me queda por vivir y me he sentado a contemplar el eco que ha dejado el espejo de pasaje que no he podido reconocer.

Me he sentido pequeño al compararme con aquel amor que no he sido capaz de imitar, con aquel cantar que me ha tocado el alma y me ha costado aceptar. Me he sentido distinto al ver mi actuar vestirse diferente siguiendo una moda pasajera; he sido pasajero en el tren de otros tiempos y mensajero en la esquina de otro barrio.

A través del tiempo me he descubierto borracho en las letras de una historia, mendigo en las faldas de mi memoria y analfabeto en las piernas de una cebolla. He callado por no saber qué decir; he hablado sin estar consciente de mi hablar y he perdido queriendo perder».

INDICE

1- AYÚDAME

¡Señor, ayúdame!
En mi camino no encuentro luz.
¡Señor, ayúdame!
Me encuentro solo y sin amor.

¡Señor, ayúdame!
Estoy perdido, sin dirección.
¡Señor, ayúdame!
Te necesito cerca de mí.

¡AYÚDAME, SEÑOR!
AYÚDAME, TE LO RUEGO.

¡AYÚDAME, SEÑOR!
AYÚDAME TE NECESITO.

VEN A MI VIDA
Y ENCIENDEME, EL CORAZÓN.
VEN A MI VIDA
E ILUMINAME, MI CAMINAR.

SEÑOR, TU ERES MI LUZ.
SEÑOR, TU ERES MI CAMINO.

SEÑOR, TU ERES MI PAZ.
SEÑOR, TU ERES MI DESTINO.

2- UN AMOR IRREAL

Si mi amor n**o** te convi**e**ne.
Si mi amor **es** **i**rreal.
R**o**mpe, ent**o**nces, las cadenas;
Y deja mi c**o**razón en libertad.
Si mi amor n**o** te completa.
Si mi amor s**o**lo es c**a**sual.
Abre, ent**o**nces, las ventanas
Y deja mi c**o**razón v**o**lar.

Pero, si es real,
no me dejes en libertad.
Pero, si te conviene,
No me dejes sin una razón.
Y si te completo,
Solo pido, un poco de respeto.
Y si no es casual,
Entonces, d**e**jem**o**s de actuar.
P**o**rque no s**o**y irreal.
Y**o** soy, **tu** amor.

Si mi amor n**o** es del bueno.
Si mi amor no **e**s especial.
No te rompas la cabeza
Y deja tu c**o**razón en libertad.

Pero, si es del bueno
si es amor de verdad.
Y si vale la pena
Entonces, lucha por mi amor.
P**o**rque no s**o**y irreal;
Y**o** soy, **tu** amor.

3- EL SILENCIO

Un silencio vago me llevó hasta ti.
Me dejó en el valle de la soledad.
Murmuraron palabras sordas dentro de mí.
Nació el capricho de un, tal vez;
Brotó él, quizás, de un después;
Luego, me senté a esperar un no sé qué.

Un silencio extraño me roció de ti.
Me dejó bañado frente a un reflejo.
Me miré callado sin saber qué decir.
Sonreí apenado al no conocerme en el espejo.
Matizó la tarde un horizonte lejano,
Me regaló el jilguero un canto de hermano,
Y en el llano, el verso se vestía temprano;
Cuál pagano, queriendo ser cercano.

Un silencio efímero me cayó de pronto.
Iluminó el sendero de mi complacencia.
Me mostró el vacío que escondí en el tiempo.
Me dibujó el beso que maquilló mi decencia.
Peinó el deseo de querer ser alguien,
Rechinó los dientes de un sin nombre.
Mezcló el verano de un ciempiés.
Marcó al enano que escondió su nombre.

4- UN AMOR DE VERANO

Te quise un día,
Con la sonrisa de un verano;
El sol quemaba los andenes,
Y la brisa del mar llegaba tarde.
Te quise un día
Bajo la luna de un verano,
Entre mosquitos y jejenes,
Mientras, un beso hacía alarde.
Nos escondimos de las miradas,
Una pared se volvió almohada,
La sombra nuestra aliada
Y tu yo, perdidos en la nada.
Inventamos un juramento,
Pronunciamos letras doradas,
Emborrachamos un tormento
Y volamos en el tiempo.
Me diste de tomar de tu calor,
Me llevaste a cortar una flor,
Sembramos una caricia
Y dejamos escapar una sonrisa.
La luna nos miraba de reojo,
En el tejado, un gato se ponía anteojos;
La chicharra cantaba la misma canción
Y en mi oración, me quejaba
del poco tiempo que nos quedaba.

5- QUIERO AGRADECERTE

Te quiero agradecer
Mis noches y mis días;
Mis sueños y fantasías;
Mi verso y mi prosa;
Mi caminar y mi esposa.

Te quiero agradecer
Mi palabra y mi silencio;
Mi locura y mi cuento;
Mi oración en el cemento;
Mi canción en el dolor.

Te quiero agradecer
Las huellas de mi paso,
El beso y el abrazo;
Las canas de mi madre
Y las ganas de mi padre.

Te quiero agradecer
La voz de mi hermano,
El recuerdo del lejano,
La sonrisa de la brisa
Y la chispa en mi piel.

Te quiero agradecer
La salud de un ser querido,
La grandeza del herido,
La pasión del corazón,
El pecado en el amor.

Te quiero agradecer

La humildad en unas manos,
La virtud de una palabra,
La inquietud de un pagano,
La elocuencia de un gusano.

Te quiero agradecer
La grandeza de la fe,
La belleza del querer,
El calor de un viejo sol
Y la frescura de un, tal vez.

Te quiero agradecer
Por sentirme vivo,
Por saber que existo,
Por la locura de Cristo,
De ofrecerme el amor.

6- UN AMOR LIBRE

Desde qué te conocí
Mis sueños te entregué
Mis dudas olvidé
Y mi amor saqué a volar.

Y **a** mi corazón le p**u**se alas
Y lo eché a volar.
Y **a** mi ilusión pinté de azul
Y se h**i**zo mar.

Desde qué te conocí, mi vida te ofrecí;
Mis noches aluné y mi amor floreció

Y mi pasión se volvió un volcán
a punto de explotar.
Y a mi canción sonó en el mar
De tu corazón.

NUESTRO AMOR NACIO LIBRE
VIVIO LIBRE Y TOCO LA LUZ.
NUESTRO AMOR NACIO LIBRE
VIVIO LIBRE Y EN PLENITUD.
PORQUE ESTE AMOR
NACIO DE DIOS
Y VIVE EN EL AMOR
PORQUE ES UN AMOR... LIBRE.

7- HAZME CREER

Dame la paz de un ruiseñor
Dame el encanto de una flor.
Dame el candor de un tulipán
Dame el olfato de un adiós

Dame el silencio para bordar
El viejo adagio de un corazón.
Dame el compás de tu canción
Quiero cantar a viva voz.

HAZME CREER QUE SOY VERDAD
Y AL AMANECER PODRE VOLAR
HAZME PENSAR UNA VEZ MAS
QUE EN TU CORAZON SOY REALIDAD.
Y SERE FELIZ SIN PREGUNTAR
Y ALCANZARE A TOCAR EL MAS ALLA.

Dame el mirar de un bumerán,
Dame el callar del qué dirán.
Dame la luz de un picaflor,
Dame el cantar de un volcán.

Dame la voz para adornar
La vieja iglesia de mi interior.
Dame el cristal del corazón
Para pintar una ilusión.

8- UNA PEQUEÑA ILUSION

Hoy tengo una ilusión
Que brilla en mi corazón;
Hoy tengo un motivo
Que causa en mí el placer
Para celebrar, el amor.

Hoy tengo una ilusión
Que brilla en mi corazón;
Hoy tengo el placer
De celebrar el triunfo
De mi corazón en el amor.

BRINDEMOS POR EL
QUE SIGA DANDO FRUTOS
EN EL CORAZÓN
BRINDEMOS POR EL
PORQUE ESTA ILUSIÓN
NO DEJE DE BRILLAR.
BRINDEMOS POR EL AMOR
PORQUE SIEMPRE ILUMINE EL CORAZON
PORQUE SIEMPRE PROVOQUE ESA ILUSION.

9- LAGRIMAS AJENAS

Ayer comencé a llorar lágrimas ajenas,
Eran las migajas de una vieja pena
que me espinaba el alma;
las barajas de un letargo vago
que siendo pago no llegó a tiempo.
Y el viento, ese soñador indiscreto,
Que por ser soneto dejó de ser cuento;
Me trajo ecos de una silueta
Que siendo cometa se quedó en maleta.

Ayer comencé a llorar lágrimas ajenas,
Besos tristes que parecían condenas,
Azucenas del tiempo en mi camposanto,
Llanto sin firmamento reposando en mis adentros.
Miré la tarde esconderse en el horizonte
Y como un cenzontle canté un poema,
Frases en cadenas buscando una alacena
Para seguir cenando tú condena.

Ayer comencé a llorar lágrimas ajenas,
Y fue una pena que no terminaras de llegar.

10- MI REGALO DE AMOR

Si yo fuera tú
Aceptaría este corazón
Como un regalo de amor.
Abriría las puertas de mi alma
Y te entregaría las llaves de mi vivir.

Si yo fuera tú
Aceptaría esta ilusión
Como un regalo de amor.
Dejaría que el tiempo me enamorara
Y sembrara una locura para compartir.

NO ESPERES MAS
NO PONGAS TRABAS A MI CORAZON
NO DUDES MAS
Y DEJATE AMAR SIN MIEDOS.
VERAS QUE MI VERDAD
ESTA LLENA DE PASIÓN
SABRAS QUE MI LOCURA
TIENE TINTES DE ILUSION.

11- TE AMO CON LOCURA

Te amé sin pensar,
Te di mi caminar;
Te ofrecí mi ilusión
Y te invite a volar.
Me amaste al escuchar,
Aceptaste mi callar,
Miraste mi alegría
Y me diste un lugar... en tu corazón.

TE AMO MAS QUE AYER
TE AMO MAS QUE HOY
Y TE AMARE MUCHO MAS MAÑANA.
TE AMO MAS QUE YO
TE AMO MAS QUE TODO
Y TE AMARÉ POR LA ETERNIDAD.
TE AMO CON LOCURA
PORQUE AL MARTE NO SOY YO
ES MI CORAZON QUE ALZA LA VOZ.
TE AMO CON LOCURA
PORQUE AL AMARTE ME DOY ENTERO
ME DOY SOLO POR AMOR.

12- MI DULCE ESPERA

Te he esperado toda mi vida,
Te he clamado en mi agonía,
Sin saber si algún día
Por fin, llegarías hasta mí.

Me anunciaron tu llegado,
Me dijeron que te acercabas,
Y en mi silencio, no lo creía;
Pero, en mi alma, brilló una ilusión.

EN MI DULCE ESPERA
EL SOL NO CALENTABA COMO TU;
LA LUNA NO ENAMORABA COMO TU;
NADA SE COMPARABA A TU LLEGADA.

EN MI DULCE ESPERA
LOS MINUTOS SE VOLVIAN UNA ESTRELLA,
LOS DIAS ERAN UNA ALGABILLA,
CADA MES UNA PROMESA DEL AMOR.

Cuando al fin, llegaste a mi vida;
Brillaste en el silencio de mis sueños;
Y te volviste dueño de mi caminar.

Cuando llegaste tú
Mi mundo no fue mi mundo
Me convertí en tu adoración.

13- MAÑANA

¡Mañana!
Cuando no esté a tu lado,
Cuando en el silencio sea tu aliado
Y me quieras saludar.
¡Recuerda!
Mis palabras sin enojo,
Mis acciones sin palabras,
Mi llamada de atención.
¡Mañana!
Si no estoy a tu lado,
Si en el tiempo me he quedado
Y me quieres escuchar.
¡Recuerda!
Que te he amado desde antes de nacer,
Te he acompañado desde antes de caminar
Y he estado contigo aun en el silencio.
¡Mañana!
Yo estaré siempre ahí, justo a ahí...
En tu corazón.
Porque has sido en mi vida
Una bendición.

14- SI YO FUERA TU

¡Si yo fuera tú!
Aceptaría este corazón
Como un regalo de amor.
Lleno de defectos, miedos e inquietudes
Pero repleto de ilusión.

¡Si yo fuera tú!
Aceptaría este corazón
Como un regalo de Dios.
Lleno de sorpresas, cualidades y sentimientos
Orgulloso de ser tu amor.

ILUSIONADO, ENAMORADO
SIN MIEDOS A ENTREGARSE TODO.
APASIONADO, ATRAPADO
EN EL VERBO DE TU CORAZON.
SI YO FUERA TU...
NO ESPERARIA ACEPTAR MI AMOR.

¡Si yo fuera tú!
Aceptaría este corazón
Como ofrenda del amor.
Ofrecido en agradecimiento de tanto amor,
Y se ofrece solo para ti.

15- FLOR DE UN DÍA

Tú como flor de un día
Que me enamoró y me dijo adiós.
Tú como flor de un día.
Que me embrujó y me dejó sin paz.

Y EN ESE DÍA
NACIÓ EL AMOR, NACIÓ FUGAZ
PERO NACIÓ.
Y ESE DÍA
MURIÓ MI AMOR, ME DEJÓ DE HABLAR
PERO EXISTIÓ

Tú como flor de un día.
Que me diste todo hasta el adiós.
Tú como flor de un día.
Apareciste y no amaneciste.

PERO, ESE DÍA,
YO FUE FELIZ, FUI ILUSION Y ME ENAMORÉ.
PERO, ESE DÍA,
NACI Y MORI; EN EL AMOR, YO EXISTI.

16- AL CAMINAR

Al caminar he aprendido que...
La fe me lleva más allá de mi verdad.
Que la amistad es más fuerte que un huracán.
Que el amor puede durar una eternidad.
Al caminar he aprendido que...
La vida es un gran regalo de amor,
Que la gente nos mira desde el exterior;
Que todos somos más que una realidad.

AL CAMINAR SE APRENDE
CON CADA CAÍDA, CON CADA HERIDA,
CON UNA SIMPLE MIRADA.
AL CAMINAR SE APRENDE
A VER EL SOL DE OTRA MANERA
Y LA LUNA CON TU CORAZON.
AL CAMINAR SE APRENDE
A SER MEJOR CON CADA PASO,
A SER HUMILDE... CON LOS FRACASOS.

17- EL DÍA DE NUESTRO AMOR

El día que me aceptaste
La noche se volvió eterna
El tiempo nos regaló una luna hermosa;
Y una rosa se vistió de rocío;
Y el frío, nos invitó a callar.

El día que me aceptaste
El verbo se lanzó al vacío
Las manos tuvieron alas,
Y entre sábanas te dije: amor mío.
Abrázame que tengo frío.

ESE DÍA, NO LO OLVIDARÉ
PUES COMENZÓ NUESTRO GRAN AMOR.
ESE DÍA, SIGUE DE PIE,
EN MI MENTE COMO ALGO SAGRADO.
PORQUE AHÍ NACIO...
NUESTRO AMOR.

El día que me aceptaste
Mi corazón se engalanó
Y en mi alma apareció un lucero;
Y en un «te quiero» anidé mi voz;
Y me ofreciste, el primer beso.

18- CAMINANTE

Soy, un simple caminante de la vida
Que busca nada más un poco de libertad...
Libertad para amar, libertad para hablar,
libertad para ser mejor.

Soy, un simple caminante de la vida
Que quiere nada más, un poco de dignidad...
Dignidad en mi mirar, dignidad en mi persona,
dignidad en mi callar.

Y EN MI CAMINAR
VOY HACIENDO CAMINO PARA DESPUÉS
TENER, UNA OPORTUNIDAD
Y EN MI CAMINAR
VOY HACIENDO CAMINO PARA DESPUÉS
TENER, UN POCO DE AMOR.
HACIENDO CAMINO
Y AL CAMINAR... SER MEJOR.

Soy, un simple caminante de la vida
Que quiere nada más, tener una oportunidad...
Oportunidad para creer, oportunidad para crecer,
Oportunidad para volar.

19- UNA CANCION PARA TI

Cantaré
Una canción para ti
Para alegrarte el día
Y sacarte a volar al sol.
Cantaré
Una canción para ti
Para alegrarte el corazón
Y hacer brillar tu mirar.

ESTA CANCION ES PARA TI
PARA TI QUE ME ACOMPAÑAS SIEMPRE
PARA TI QUE ESTAS A MI LADO CADA MAÑANA.
PARA TI QUE ME HAS ROBADO EL ALMA.

Cantaré
Una canción para ti
Para ofrecerte mi locura
Y pintarte el alma.

20- POR SI VUELVES

Yo a ti, te amé
Y te entregué,
Lo mejor de mí en cada momento.
Yo a ti te amé
Y te ofrecí,
Mi mundo en cada suspiro.
Y después, me quedé
Vacío, perdido en el silencio.
Y después morí
En el frío de mis sentimientos.

COMO BARCA SIN HORIZONTE
ME ENCONTRÉ VAGANDO EN EL MAR
DE MI CORAZON.
COMO PAGINA SIN PALABRAS
ME QUEDE ESPERANDO LA PROSA
DE UNA PROMESA DE AMOR.
Y HOY, ME ENCUENTRO AQUÍ
APAGADO COMO ESTRELLA SIN CIELO
ESPERANDO... QUE VUELVAS A MÍ.

Yo a ti te adoré
Y te entregué
Mi mundo en un beso.

21- A MI LADO CADA DIA

Si no estuvieras tú
A mi lado cada día
Esta vida sería una ironía.
Cabalgaría en solitario como lobo sin mandado
Me perdería en la pradera de una tierra prometida.
Si no estuvieras tú
A mi lado cada día
Mi pasado sería más pesado.
Seguiría preso entre musas sin proceso,
Me ahogaría en la sequía de una compañía.

SI NO ESTUVIERAS TU
TODO CAMBIARIA
SEGUIRIA, MENDIGANDO AMOR;
SIN DIRECCION SIN COMUNION.
ESTARIA, EN AGONIA
SUPLICANDO POR TU AMOR.
PERO, ESTAS AQUÍ.
A MI LADO CADA DÍA
FLORECIENDO EN MIS MAÑANAS
ESCRIBIENDO LA HISTORIA DE MI VIDA.

22- SI ME FALTARAS

Si un día me faltas tú
Una parte de mi se irá contigo.
Me sentiría incompleto, vacío.
Me moriría marchitándome, poco a poco.
Caería en un hastío sin final.
Si un día me faltas tú
Te llevarás parte de mi alma.
Ese brillo de sentirte cerca,
Esa paz de saberte mía.

POR ESO, AHORA QUIERO DARTE...TODO MI AMOR
NO ME QUIERO QUEDAR CON NADA
NO QUIERO TENER QUE LAMENTARME.
POR ESO, AHORA QUIERO ENTREGARTE
MI VIDA POR COMPLETO
PORQUE TU ERES EL AMOR DE MI VIDA
TU ERES LA ÚNICA EN MI CORAZON.

Si un día me faltas tú
No quiero lamentarme de nada.
Sabría que te había todo y mucho más;
Me quedaría satisfecho de haberte amado...
Sin dejarme nada.

23- AMOR EN PLENITUD

Este amor que siento por ti
Es amor en plenitud
Este amor que vibra dentro
Es amor sin firmamento.

Me quema como un sol de primavera,
Me eleva como globo entre las nubes,
Me baña como lluvia en la mañana,
Me ilumina las entrañas de mi alma.

Me pinta las paredes de mi vida,
Me cubre como sábana en la nada,
Me alimenta el deseo de mirarte,
Me cuida como su obra de arte.

Me lleva por la senda del destino,
Mi vino es el elixir de su mesa,
Mi historia es el complemento de su historia,
En mi memoria forma parte de mi promesa.

24- MOTIVOS PARA SOÑAR

Me miras y enciendes mi pasión;
Me hablas y me haces tocar el cielo.
Me tocas y me vuelves huracán
Me ignoras y me vuelvo silencio.

Me llamas y me invitas a soñar
Me buscas y comienzo a volar;
Te siento y me vuelvo loco;
Por poco, parezco de papel.

TENGO MOTIVOS PARA SOÑAR
MOTIVOS QUE PROVOCAN ILUSION
MI CORAZON ESTA PIDIENDO AMOR
MI CORAZON ESTA A PUNTO DE ESTALLAR
ESTALLAR DE ILUSION
ESTALLAR DE PASIÓN
ESTALLAR DEL CORAZON.

Me miras y me vuelves de algodón,
Me hablas y me endulzas la cabeza
Me tocas y provocas arcoíris
Me ignoras y detienes el tiempo.

25- EN NOMBRE DEL AMOR

Al partir el pan y servir el vino
Pones tu Cuerpo y tu Sangre
A nuestra disposición.
Y ese pan y ese vino
Se convertirán
En nuestra comunión.

Que ese pan sea tu Cuerpo.
Que ese vino sea tu Sangre.
Signos de reconciliación
Para nuestra salvación.
Todo por amor.
Signos de amor perfecto
Ungidos para la liberación
En nombre del amor.

8

VIENTOS DE ESPERANZA

2020

VIENTOS DE ESPERANZA

« Al finalizar este año, me doy cuenta de que soy afortunado y por eso, respiro vientos de esperanza. No ha sido fácil vivir en tiempos de pandemia. El mundo lleva más de sesenta millones de contagiados y más de millón y medio de muertos. Las vacunas todavía están en periodo de prueba en humanos y según algunas informaciones estarán listas en el próximo año... siguen soplando vientos de esperanza. Por más que deseemos seguir de la misma manera, nada será igual, muchos nos han dejado y muchas cosas nunca volverán a ser iguales. El tiempo nos pide que nos adaptemos a los nuevos retos y solo sobrevivirá aquel que se logre adaptar... por todo eso, siguen soplando vientos de esperanza»

INDICE

1- VIENTOS DE ESPERANZA

No es fácil estar en el dolor
y seguir sufriendo;
No es fácil sentirse solo
Y no tener a nadie cerca;
No es fácil querer gritar
Y callarse dentro;
No es fácil ver al cielo
Y seguir llorando.
Yo quiero seguir pero no puedo más.
Yo quiero luchar pero me faltan fuerzas.
UN VIENTO DE ESPERANZA
NECESITO PARA PODER SEGUIR
UN VIENTO DE ESPERANZA
QUE ME OFREZCA UNA ILUSION.
UNA ILUSION EN EL CORAZON
UNA ILUSION EN MI MIRAR
No es fácil luchar contra todo
Y seguir de pie;
No es fácil armarse de valor
Y poner el pecho;
No es fácil ser positivo
En medio de la tempestad;
No es fácil ver caer al amigo
Y no poder hacer nada.

2- Y DESDE ESE DÍA

Así fue como yo te conocí.

Rezando al pie de un altar,

Mirando al silencio sin hablar,

Perdida en tu soledad.

Así fue que llegaste a mi vida.

Quizás, fue por casualidad,

Me miraste te miré

Y en silencio, te acompañé.

Y DESDE ESE DÍA

ES SIDO PARTE DE TU ALEGRIA

DE TUS TRISTEZA Y TUS MALOS DIAS.

Y DESDE ESE DÍA

TE HE ENTREGADO MI COMPAÑÍA

MIS ARREBATOS Y MI OSADIA.

Así fue como yo me enamoré.

Caminando siempre a tu lado,

Batallando como un soldado,

Callando sin decir nada.

3- PARADIGMA DE NUESTRO AMOR

Son tus besos, las caricias, tu mirada;

Esas verdades que me hacen suspirar.

Son tus labios, tus palabras, tu sonrisa;

Esa brisa que me saca a volar.

EN EL PARADIGMA DE NUESTRO AMOR.

CADA DETALLE, ES IMPORTANTE

CADA BESO ES, UN SUCESO;

CADA MIRADA, UNA LLAMARADA;

CADA CARICIA, ES UNA DELICIA,

CADA PROMESA, UNA RIQUEZA.

EN MI MESA

Son mis besos, las caricias, mi mirada;

Esas verdades que te hacen suspirar.

Son mis labios, mis palabras, mi sonrisa;

Esa brisa que te lleva a volar.

4- DESPUÉS DE HACER EL AMOR

He visto como nace una estrella en tus ojos,

He visto como brota el deseo en tu piel,

He visto mariposas de color de rosa,

Después de haber hecho el amor.

He visto como brilla la mañana en tu mirada,

He visto como llora mi callar en tu verdad.

He visto la ternura de tu cuerpo,

Después de haber hecho el amor.

COMO CALLAR ESTE SENTIMIENTO

QUE HAS CLAVADO EN MÍ CALLAR.

COMO NEGAR LO QUE ESTOY SINTIENDO

SI ESTA QUEMANDO MI CARIDAD.

AL HACER EL AMOR, TODO CALLA.

TODO VUELA A NUESTRO ALREDEDOR.

AL HACER EL AMOR, TODO EXISTE.

NADA FALTA, NO HAY ERROR.

TODO ES PERFECTO.

He visto como calla el tiempo a tu alrededor

He visto como canta el verso en tu voz

He visto en tus labios un corazón

Después de haber hecho el amor.

5- LA VIDA Y SUS COSAS

Nada pasa por casualidad, todo tiene una explicación.

Nada ocurre por el azar, todo tiene que llegar.

Cada cosa tiene algo que decir, tiene algo que mostrar;

Casa cosa tiene algo que ofrecer, tiene algo que dejar.

LA VIDA ES ASÍ

LO QUIERAS TU, LO QUIERA YO.

NADIE PUEDE ESCAPAR,

TODOS TENEMOS QUE PASAR.

LA VIDA ES ASÍ.

CON SUS MATICES Y ALGO MÁS.

NOS DA DE COMER

Y NOS QUITA UN DESPUÉS.

NO HAY NADA QUE HACER

HAY QUE ACEPTAR

LA VIDA ES ASÍ.

Y NO HAY NADA MÁS QUE HACER.

QUE VIVIR EN LIBERTAD,

AMAR EN PLENITUD.

6- EL DÍA QUE TE MARCHES

El día que tú te marches me quedaré...

Sentado en la esperanza de un tal vez.

El día que tú te marches, yo moriré...

En cada segundo que pase y tú no estés.

Ese día será mi cruz

La cruz que me seguirá toda la vida.

Ese día será mi cruz.

El día que tú te marches, me quedaré...

Vacío en alguna parte de mí ser.

El día que tú te marches, yo estaré...

Perdido en el espacio de tu querer.

Ese día, será oscuridad.

La luz de tus ojos no me alumbrará.

Ese día, será oscuridad.

El día que tú te marches, te lloraré...

Mis lágrimas harán un río rumbo al mar.

El día que tú te marches, me quedaré...

Sentado en mi soledad sin saber qué hacer.

7- NO ME NIEGUES TU LUZ

Dime ¿por qué me niegas tu mirar?

¿Por qué callas al preguntar?

Dime ¿por qué no dices nada?

Hablemos, no me hagas dudar.

Quiero ver brillar la luz en tus ojos,

Que ilumine mi corazón.

Quiero sentir nuestra comunión,

Que aun sigue vivo nuestro amor.

SI HE FALLADO, PERDONAME.

TU SABES BIEN QUE YO TE AMO.

SI HE FALLADO, PIDO PERDON.

EN MI CORAZON SOLO EXISTES TU.

DIME: MI AMOR.

QUE DEBO HACER PARA RECUPERAR TU LUZ.

DIME: MI AMOR.

DONDE FALLE PARA PODER CORREGIR.

NO TE QUIERO PERDER.

Dime ¿por qué me niegas tu mirar?

¿Por qué no quieres hablar?

Dime ¿por qué te callas?

Hablemos no me hagas dudar.

8- JUNTOS

Juntos atravesamos tormentas y tempestades.

Muchas veces solo flotamos; otras veces, aguantamos.

Pero siempre juntos, salimos adelante;

Juntos, triunfamos.

Juntos hemos caminado en el tiempo y la distancia

Hemos chocado con barreras y con paredes

Pero siempre juntos, hemos atravesado;

Juntos, hemos avanzado.

NO ES TIEMPO DE DEJAR DE LUCHAR.

LOS PROBLEMAS SIEMPRE EXISTIRAN.

NO ES TIEMPO DE BAJAR LOS BRAZOS.

ES TIEMPO DE VOLVER A EMPEZAR;

PERO, SIEMPRE, JUNTOS.

Juntos hemos hecho tantas cosas hermosas

Bailado bajo la lluvia y cantado frente al mar.

Y siempre juntos, hemos alabado a Dios;

Juntos, hemos sido comunión.

9- LA MÚSICA DEL ALMA

Deja que brille el sol de tu corazón,

Deja que salga la luz de tu interior,

Deja enamorarte el alma con la música.

Deja que el alma cante de ilusión.

Deja que la luna brille como un farol,

Deja que el amor te pinte un girasol,

Deja enamorarte el alma con la música.

Deja que el alma se convierta en ilusión.

MAGICA, ES LA MÚSICA DEL ALMA

QUE NOS INUNDA DE ILUSION

MAGICA, ES LA MÚSICA DEL ALMA

QUE NOS ENAMORA EL CORAZON.

BAILA CON SU RITMO Y DEJATE LLEVAR.

SUEÑA CON SU LETRA Y DEJATE ENAMORAR.

Deja que vuele el verso de tu corazón.

Deja que cante el alma su mejor versión.

Deja enamorarte el alma con la música.

Deja que el alma cante de ilusión.

10- QUIERO SER COMO TU

Contigo soy más fuerte,

Contigo soy mejor,

Contigo... pertenezco a la legión del amor.

Contigo soy más fuerte,

Contigo puedo más,

Contigo... soy capaz de llegar más allá.

QUIERO CAMINAR SIEMPRE A TU LADO

QUIERO ESTAR CONTIGO HASTA EL FINAL

QUIERO SER PRESENTE Y FUTURO

SI PEGO EN UN MURO, VOLVERME A LEVANTAR.

QUIERO SER SOLDADO PREPARADO

QUE TIENE COMO ESCUDO TÚ... AMOR

QUIERO SER: COMO TÚ.

AMAR A DIOS SOBRE TODAS LAS COSAS.

QUIERO SER: COMO TÚ.

AMAR A MI HERMANO, COMO A MI MISMO.

11- ASÍ NACIO NUESTRO AMOR

Le regalé una rosa el día de su cumpleaños,
Le regalé mi corazón cuando le dije: amor.
Le ofrecí el lucero que brillaba en mis ojos,
Le ofrecí el deseo de convertirme en su amor.

Me regaló el comienzo de una nueva historia
Que en mi memoria firmó mi corazón.
Me obsequió la luna que colgaba en su ventana,
Me dio un mañana pintado con su voz.

Y ASÍ NACIÓ NUESTRO AMOR.
COLGANDO DE LAS ESTRELLAS,
BRILLANDO COMO UN DIAMANTE,
RADIANTE OLIENDO AMOR.

Y ASÍ NACIÓ NUESTRO AMOR.
GRITANDO FUERTE ADELANTE,
ABRIENDO PUERTAS A DIOS,
ROGANDO, POR SER SIEMPRE, AMOR.

12- EN ALGUNA PARTE

Sé que existías tú

Desde antes de conocerte.

Que en algún lugar, estabas y respirabas.

Sé que existías tú

Porque en mi alma te presentía

Que, al igual que yo, me buscabas y esperabas.

EN ALGUNA PARTE, EN ALGÚN LUGAR

EXISTIAS SOLO PARA MÍ

EN ALGUNA PARTE, EN ALGÚN LUGAR

EXISTIA SOLO PARA TI.

COMO EL CIELO Y LA TIERRA

COMO EL RIO Y EL MAR

COMO EL SILENCIO Y LA PALABRA

CADA UNO EN SU LUGAR

COMPLETANDOSE SOLO POR AMOR.

13- MI OTRA MITAD

¡Cómo pensar que todo fue casualidad!

¡Cómo creer que llegaste y nada más!

¡Cómo imaginar llegando por llegar!

Sin motivos sin ninguna razón.

¡ERAS TÚ!

LA QUE TENIA QUE LLEGAR.

EN EL MOMENTO PRECISO DE MI REALIDAD.

¡ERAS TÚ!

Y NADIE MÁS.

LA QUE LLENARIA LA OTRA PARTE DE MI VERDAD.

COMO LEÑA EN EL FUEGO

COMO SAL EN LA HERIDA

DIFERENTE PERO ERES...MI OTRA MITAD.

¡Cómo pensar que pasabas por pasar!

¡Cómo creer que no te ibas a quedar!

¡Cómo imaginar que el cielo no tuvo nada que ver!

Sin motivos sin ninguna razón.

14- MUÑECO DE TRAPOS

¡Fuiste tú!

La que no quiso seguir el camino en mi caminar;

La que decidió

Seguir otro horizonte, navegar otros mares.

¡Fuiste tú!

La que no quiso marchar a mi lado como un buen soldado.

La que decidió

Pelear otras guerras, saltar otros muros.

¡FUISTE TÚ!

QUIEN ROMPIÓ MI CORAZÓN EN MIL PEDAZOS

Y LO HIZO AÑICOS, COMO UN MEÑECO DE TRAPOS.

Y QUIZÁS, ESO FUI PARA TI... UN MEÑECO DE TRAPOS.

¡FUISTE TÚ!

QUIÉN, ME DIJO: ¡YA NO MÁS, HASTA AQUÍ LLEGUÉ!

Y TE DISTE MEDIA VUELTA, SIN MAYORES EXPLICACIONES.

Y QUIZÁS, SOLO FUI PARA TI... UN MUÑECO DE TRAPOS.

¡Fuiste tú!

La que no quiso creer mi proyecto para el amor;

La que decidió

Que no era yo, aquel con quien envejecerías en la vida.

15- ¿DONDE ESTAS AMOR?

Como pasa el tiempo en el reloj

Cada minuto es un suspiro que se va.

Como caen las hojas en el suelo

No hay un consuelo que me pueda mitigar.

Esta tristeza que llevo en el alma

Es una pavesa que me aruña el caminar.

Este silencio que me cubre la mirada

Es una llamada que me hace el corazón.

¿DONDE ESTA EL AMOR QUE ME HACE BIEN?

¿DONDE ANDA QUE SE TARDA EN LLEGAR?

¿DONDE ESTA EL AMOR QUE LLENARA

EL VACIO QUE SE AGRANDA EN MI CALLAR?

NO PUEDO MAS ESPERAR

ESTA DUDA ME MATARA

DEBES LLEGAR

MI VIDA LO AGRADECERA.

Como pasa el viento en el ventana

Esta mañana no me quiero levantar.

Como pesa el ruido de la calle

Cada detalle es un valle a atravesar.

16- TU QUE ME HAS LLAMADO

Señor, tú que me has amado
Hasta dar la vida por mí.
Señor que me has llamado
Para que sea como tú.

Indícame el camino que he de seguir.
Invítame al banquete en tu honor.
Quiero estar siempre en tu bendición.
Quiero seguirte y ser comunión.

Implícame en las obras de tu corazón.
Insértame en el árbol del amor.
Quiero estar siempre junto a ti.
Quiero seguirte y ser parte de tu bendición.

Señor, tú que me has amado
Sin motivos ni aclamación.
Señor que me has llamado.
A seguirte y ser colaboración.

17- CUANDO ERAMOS AMANTES

Cuando éramos amantes, el verbo se volvía melodía;

Nuestra historia era una sinfonía y el futuro nadie los sabía.

En ese momento...

Amamante el hecho que me hizo despertar de tus aguas,

Dejé el silencio vestido de aguafiestas,

Me quedé tostado en el parpado de un trasnochador

Y atravesé la tarde en el susurro de un adiós.

En ese momento...

No era más que un aprendiz de un deseo,

El jinete sin cabeza de una nobleza en recreo,

El paseo en una noche eterna,

Una luciérnaga que brillaba al compás de tu almohada.

Cuando éramos amantes, no cabía nada en el después

Y aun habiendo un puede ser, nos propusimos seguir siendo más.

Y en ese momento...

Descubrí que el silencio no existía en mi corazón,

Que la razón no daba créditos a la ocasión

Y me quedé en el bar de una melodía

Y desde ese día, me tatué tu amor.

18- ESPERANDO TU LLAMADA

Estoy esperando tu llamada

Al borde del silencio.

Estoy esperando que me llames

Sentado en el pasado.

Con la esperanza entre mis manos,

Con la añoranza de que nos amamos.

Suplicando que me vuelva a llamar.

Estoy esperando tu llamada.

En la esquina de la tarde.

Estoy esperando una llamada,

Aunque sea de muy tarde.

Deseando por un instante ser alguien.

Esperando en mí adentro seguir siendo alguien

Para poder volver a escucharte.

ME TIENES AQUÍ ESPERANDO

DESEANDO ESCUHAR TÚ VOZ.

ME TIENES AQUÍ DESEANDO

QUE TODO HAYA SIDO UNA ESTUPIDEZ...

DE MI PARTE.

Y HOY SOLO QUIERO ESCUCHAR TU VOZ.

Y HOY SOLO QUIERO SABER QUE AUN VIVO EN TI.

19- AL LLEGAR A MÍ

Te vi llegar y estabas sola;
Viniste a mí como una ola.
Y un universo abrió su puerta
Y entraste tú sin darme cuenta.

Llegaste a mí, sin presunciones;
Lloviste en mí tus emociones.
Y el horizonte cambió mi suerte
Y una ilusión nació latente.

Te vi llegar y se abrió un imposible
Y en lo tangible brotó mi suerte;
Como una oruga en mi silencio
Brilló el amor en pleno invierno.

Llegaste a mí botando muros
Y en un segundo abriste puentes;
Y en lo presente sembraste coros
Que alababan mis horizontes.

20- ESTA FORMA DE AMAR

¡Fuiste tú!

La que inventó esta forma de amar,

De vernos cada noche en algún lugar,

De ir por todas partes sin complicación,

De entregar el corazón sin poner condición.

¡Fuiste tú!

La que propuso esta forma de amar,

De alquilar en un rincón una emoción,

De ceder al tiempo un poco de libertad,

De callar cualquier signo de amor.

Y ahora pretendes cambiar

Las reglas y tu condición.

Me dices que algo en ti cambió.

Que ya no eres igual

Que quieres algo más.

¡Fuiste tú!

La que insistió en esta forma de amar.

En comulgar sin necesidad de caminar,

En compartir solamente amistad

Y en olvidar si paso algo más.

21- INVITACIÓN A VOLAR

Si, si. Tú me quieres a mí.

Si, tú me amas a mí.

Yo te ofrezco mi voz.

Si, si. Tú me quieres a mí.

Si, tú me amas a mí.

Yo te invito a volar.

Juntos podemos ser eternidad.

Juntos podemos ser libertad.

SI QUIERES, SI GUSTAS

VEN CONMIGO VOLAR

TOMA MI CANCION

Y ALCANCEMOS LA ETERNIDAD

Y LOGREMOS UN POCO DE PAZ.

CANTA CONMIGO.

VEN, SALGAMOS A VOLAR.

22- YO RENACERÉ

YO RENACERÉ

En aquel que tiene fe.

En aquel que tiene amor.

En aquel que prodiga compasión.

YO RENACERÉ

En el hombre que hace el bien.

En el hombre que es verdad.

En el hombre sin maldad.

YO RENACERÉ

En el que tiene esperanza.

En el que busca una luz.

En el que lucha por amor.

YO RENACERE

PORQUE MI PALABRA ES ETERNA.

PORQUE SOY VERBO Y SOLUCION.

PORQUE SOY VIDA Y LIBERACION.

YO RENACERE

PORQUE HE VENCIDO A LA MUERTE.

PORQUE SOY HIJO DEL ALTISIMO.

PORQUE MI PADRE ES, LA LUZ.

YO RENACERÉ

Como el sol por las mañanas.

Como la flor en primavera.

Como la palabra en el silencio.

YO RENACERÉ

Cada vez que alguien me nombre.

En la tormenta y en la calma.

Cada vez que evoquen a mi Padre.

23- EN ESTA NAVIDAD

NAVIDAD, ES NAVIDAD

EL TIEMPO DE ESPERANZA Y PAZ.

ES TIEMPO PARA HABLAR DE AMOR.

Mi pensamiento va para el que no está,

Para el que se fue y el que no volverá.

Mi corazón está con el que murió,

Con el que nos dejó y con el que se amó

BRINDEMOS EN ESTA NAVIDAD

POR LA VIDA, LA SALUD Y LA AMISTAD.

BRINDEMOS EN ESTA NAVIDAD

POR LOS MUERTOS, LOS VIVOS Y LOS DEMAS.

BRINDEMOS EN ESTA NAVIDAD

POR LA FE, LA ESPERANZA Y LA CARIDAD.

Mi sentimiento va con aquel que está.

Sufriendo, llorando y en soledad.

Mi corazón se va con aquel que está.

Sin nadie, frustrado y olvidado.

24- HOY ES TU CUMPLEAÑOS

Hoy es un día m**u**y especial.

H**o**y es tu cumpleaños.

Qu**ie**ro que sepas que en mi mente

Est**o**y pens**a**ndo **e**n ti.

Quiero que sientas que mi corazón

Palpi**ta** p**o**r ti.

¡FELIZ CUMPLEAÑOS!

TE DESEO DE TODO CORAZON.

¡FELIZ CUMPLEAÑOS!

QUE ESTE DÍA SEAS MUY FELIZ.

MUCHA PAZ

SALUD Y SOBRE TODO... MUCHO AMOR.

Hoy es un día m**u**y especial.

H**o**y es tu cumpleaños.

Qu**ie**ro que sepas que en mi alma

Hay un deseo por ti.

Quiero que sientas que mi cielo

Hay un sol p**o**r ti.

25- TÚ Y YO

Cuando estamos solos, tú y yo.

El mundo se vuelve pequeño,

Las horas toman sus horas,

El tiempo se vuelve eterno...

Cuando estamos... tú y yo.

Cuando estamos solos, tú y yo.

El alma se vuelve verso,

Las manos vuelan sin prisa,

La risa se vuelve brisa...

Cuando estamos... tú y yo.

CUANDO ESTAMOS TÚ Y YO...

SOMOS PAN Y MIEL, RIO Y MAR

AROMA Y PAZ...VERSO DEL AMOR.

CUANDO ESTAMOS TÚ Y YO...

SOMOS LUNA Y SOL, LUZ Y SAL,

AMOR Y VIDA...POEMA DE DIOS.

Cuando estamos solos, tú y yo.

El tiempo deja de ser tiempo,

Los cuerpos se enamoran,

Dejamos de ser demora...

Cuando estamos... tú y yo.

Descripción del poeta

ROBERT MAXIMILIAM

Escritor de origen salvadoreño, amante del estilo «realismo mágico». Utiliza la prosa romántica en sus diferentes expresiones artísticas, tales como: la novela, el cuento, la poesía, la fábula y la música. Sus argumentos llevan la esencia de un lenguaje poético, mezclado con un realismo romántico y folclórico. En sus obras, plasma: sus costumbres, principios y normas; embellecidas, muchas veces, por la jerga propia de su país de origen. Su narrativa nos transporta a un mundo de tradiciones populares, hechos históricos y leyendas urbanas que enmarcaron su vida.

En su poesía nos trasmite un sentir: simple, callado, deseado. Musita, lo querido, lo vivido y lo soñado. Nos lleva por senderos repletos de lluvias de estrellas, murmullos de doncellas y expresiones de gorriones en busca de libertad. En sus coplas encontramos el duende del silencio, la musa de los tiempos y la diosa de la devoción. Nos sumergimos en su realismo mágico, su vivencia coloquial y su querer humilde, ofreciéndonos ramos de frases nuevas, palabras mundanas y ecos de dianas que buscan sotanas en ventanas de un vivir.

OTROS POEMARIOS

FECULAS DEL CORAZON
VERSOS AL DESNUDO
UN HIMNO AL AMOR
OASIS DE ESPERANZA
AÑORANZAS DEL HIJO PRODIGO
ATRAVES DEL CRISTAL DE MIS OJO
AMO A MI DIOS
AVIONES DE PAPEL
BESOS PARA MI MADRE
CLAROSCURO DE UN AMOR
EL CAITE DE JUDAS-ROMAX
EN EL TIEMPO DE UN SEGUNDO
ENAMORADO
ENTRE SABANAS BLANCAS
AMANDOTE EN EL TIEMPO
FECULAS DEL CORAZON
GLORIAS DESNUDAS
AUTORETRATO
LETANIAS DE UN POETA TRISTE
MARIPOSAS DE PAPEL- ROMAX
AGONIAS DEL SILENCIO
EL CISNE NEGRO
HUELLAS DEL ALMA
POEMARIOS 2019

www.ingramcontent.com/pod-product-compliance
Lightning Source LLC
LaVergne TN
LVHW091049080826
845145LV00002B/674

* 9 7 8 1 9 8 9 9 8 3 0 8 9 *